U0584908

套

周康尧 ——著

作家出版社

1

常侧拿着两张过期报纸，带着一颗忐忑不安的心，匆匆忙忙地走出郎西中学的大门，向郎西河畔的大柏树走去。他这次和恋人胡薇幽会，只想把婚期商定下来。这事，昨晚虽有梦兆，但是他始终拿不定梦的示意。梦里说屋中两眼灶都燃得旺旺的，按《周公解梦》，"屋有二灶事不成"，然而《解梦全书》又说这是"火上加火"。

按约会的时间，他早到了半个多小时。这是必要的早到，需得先到幽会地点做好地形侦查，野外幽会需要的不止是清静，还有隐蔽。他提前到大柏树，就是要找一个自己看得见别人、别人却不轻易看得见自己的地方。虽说之前的大柏树幽会已提供这一需求，但他觉得情场犹如战场，在同一地点打同样的战争得有新的战法，也就需要新的侦查。

大柏树是三棵古柏林立在河湾而名，自然河堤在这大柏树脚下生出一道石坎，石坎下长出一堆石疙瘩，人坐在这疙瘩间不易被人发现，而坐在其间的人倒是将外界看得一清二楚。

他在柏树脚走走停停地转了一圈，然后跳下坎去，在石疙瘩里选定坐处后，看了看对岸，问自己："果真不易被对岸的人看见吗？"

看时间距约定还有十多分钟，便去了大柏树对岸，四下张望了一番，常侧证明了选点还不错，得意地信步于眼前风景。

夕阳距天边那道山梁不过一人多高，他想，谁要在山梁上挽留住这个红彤彤的圆球，似乎就伸手可得地留住了时间。然而，那山梁上偏偏没有这个留住时间的"谁"，也就任夕阳在晚霞的伴护下慢慢西下。抱团的古柏在半坡脚格外凸现，卓立河畔似与夕阳对话又似在感叹流年逝水。一湾河水在这里几乎静止，粼粼水波虽在暗示水流，碧水似乎比柏树更淡定。依心境，这粼粼水波正是静水更生的柔情，联想到恋人，似碧水和柏树在守望苍翠永年。微风阵阵送凉，鸟儿啁啾，似为他的爱歌唱。但一想到恋人应到，鸟儿的"啁啾"到他耳里却变成了"啾啾"声，这，令他更加焦急，格外烦躁，也就再无心思来欣赏这一弯美景了。

约定的时间早过，连个影都没出现。他一次次探头张望，都让他失望，一刻钟过去，张望后不禁搔头自问："咋搞的，电话上不是说好七点到这里吗？近两月的约会都遭到她推脱，今天她会不来？"又是一刻钟过去，焦急无奈之下借《诗经·静女》篇安慰自己："干吗不耐烦，三千年来，好逑君子不都是'搔首踟蹰'地等吗？"眼看八点钟就到，还没见到她的影子，恼火之下又自我安慰："她会来的，当年上过床，这套死的马儿还跑了不成？"

当年，他由农民转为中学民办教师时，她是村上的穷学生，两人的身份有上等人和下人之别，如今自个身份没变，她已是区供销社的二级会计，在郎西人的眼里，这正是身份颠倒。唯一让他安心的，也就是和她上过床；时刻让他不安的，是还没将她娶过门。这两年见她越发美丽就越发不安，虽说自个儿也不失男人的俊气，但他心里非常清楚：在比较优势不存在的情况下，唯恐夜长梦多，唯一的法子是尽快结婚。前次向她提出这事，想不到竟被她几句话就搪塞过去了。这次，他是有备而来。

八点过，她那高挑的丽影一出现在路口，他心中的焦急、口里的怨气及脸上难色顿时消失，猴儿急地回到柏树脚，把本已铺在石头的报纸揭起来又铺下去。

"常贼，常贼。"清脆的女中音传到他耳边。

这是恋人在喊他，恋人对他高兴时就叫"常侧"，不高兴或不顺心时便叫"常贼"。这两个姓名叫多了，他也从她的不同喊叫声里揣摸出她的不同心态。

"胡薇，我在这下面，下来吧。"他从树脚探出头来，对着她笑嘻嘻地说。见她还站在三四步外的高坎上，即伸起手来招呼她到坎下的石疙瘩里共坐。

"上来噻，窝在下面干啥?"她仍站在石坎上好笑地问。

"我把座位都铺好的，快下来。"

"快上来。"她板着脸说后，两眼对他一白。

他在她面前，只要她笑眼对他专注一睏，他就没魂，而板起脸来将两眼一白，他就没辙了。因此，他这时不得不乖乖地走出石疙瘩，爬上坎来，跟着她走。

他一米六五的个头和她走在一起，以前，她觉得彼此的身高差不多，现在，她感到他矮了一截。不仅仅是身高感在变，伴随感也在变，两人从前走在一起，他后半步，她认为这是他在护着她走，眼下，他在她身边依然还是后半步，她认为他就像跟班似的。而他，看到恋人由村姑变成全民所有制的工作人员，身份带"干部"烙印，出息了，能跟在她身边，就是天大的艳福。

"其实，大柏树下既凉快又清静。"常侧嘴上这么说，脚下却是在紧跟着她的脚步。

胡薇听了他的辩解，冷笑起来瞅了她一眼，本想说："和你窝在一起，你那手就不规矩。"但话到嘴边却改口道，"我上班坐够了，只想走动走动。"

常侧顺着她的话题，从办公室健身操讲到眼保健，表示对她的切身关心。她听后，冷笑起来问："你今天约我出来，该不是给我上体育课吧?"

"我——"他见她脸上和颜依旧，鼓起勇气说道，"我就想和你把婚期商定下来，我们都是二十四五的人了。"

胡薇厌恶地皱了一下眉，立即又和颜地回道："我们不是说好了等你转为公办教师后再说这事吗?"

"这民转公的考试，不过就是下半年的事吗? 又还有几天?"

"也得等你转成了再说。"

"你还在怀疑我考不起?"常侧改用《西厢记》台词回道："但凭胸中才，视考如拾芥。"

她扭过头来冷冷地盯了他一眼，本想说："得看主考官是不是你喂的。"但又觉得继续谈这事没意思，只好摊牌，"我不想在郎西这个山旮旯住一辈子，等你转为公办教师后，我们想办法一起调前白市。"

"可能吗？"他在惊讶中打量着她。

"怎么不可能，我们单位的黄中发，和我一样的中专生，在单位上还是工作中的混混，可他今天来办公室说，他已经调到市里供销大厦了。"胡薇本想接着说，"我一听到这个消息，就在想，他是通过什么关系调的？"但觉得话已至此，不妨看看这身边男的心思，于是平静地问道，"怎么，你不想和我一道进城？"

他一听到黄中发这三字就烦：这姓黄的明明晓得胡薇和我常侧的关系，却还在厚颜无耻地亲近胡薇。所以，他皱着眉头听她说完后，觉得这话有"甩"他的含意，于是马上接过来说："谁说不想，只是现实不？"

"没有什么只是，你听我的好啦，头回你要听我的，眼下就不至低三下四地闹民转公了。"她就是要常侧明白：他目前的身份，不配和她言婚论嫁。

常侧不觉得这是在揭他的短，还以为她在替他惋惜。当初胡薇考中专时，她要他一起去考，但他抱着"女人头发长见识短"的态度，没听她的。如今听胡薇埋怨，说一起调走的话，在他看来是因上过床。想到这一点，被"甩"的感觉又抛之脑后。

在以后的谈话里，她除表明工作忙，还说自己晚上得为注册会计师考试复习。于是板着脸说："我们都得努力，都得有一个像样的身份来组合家庭，像农村人那样穷兮兮地拼凑婚姻还不如不结婚。无事常见还不如心里恋着。"

　　"好吧，只要我俩心里恋着。"他有气无力地说。

　　两人到了三岔口即分道而去。"心里恋着"的余声一直在常侧的耳边环绕着，心头是火上加火，却又夹着"室二灶事不成"的忧虑。

2

常侧从大柏树回到宿舍，横躺在床上，两眼直瞪着天棚沉思起来。天棚和墙壁都是过期报纸糊的，他糊时没在意这些报纸的倒与顺，现在也就横竖不一地展示在他的眼底，从不同的视角展现不同的效果。反之，他一门心思疑虑的，是和胡薇的过去，而这过去——包括刚刚过去的大柏树幽会，都指望和"上过床"套在一起，好像是察看这些事对今后可能提示什么，却是看看这些事和"上过床"这事套好没有。眼前，他就认为今天的幽会有两样没被自己套好——

"既然自己在石疙瘩里已铺好了合欢座，就不应该被她冷眼一瞪就随了她。"

"是，我们不能学农村人穷兮兮地拼凑婚姻，我得把我身上这'民办'换成'公办'二字才是，这民办教师在领导面前低三下四都不算啥，关键是在同一教室拿同样的教材教同样的学生，民办教师的工资却只有公办教师的一半，而身份，公办教师是干部，民办教师不过临时工而已。但是，这'民转公'的考试又还有几天呢?"

他横躺在床上经过这番自问自答，也觉得：与其说是内心的理性战胜外来欲望，还不如说情感纠结婚姻。可一想起对她的应诺："只要我们心里恋着。"突然跃起身来坐在床沿上，瞪眼时猛然伸出巴掌，好像要狠狠地给自己一记耳光，谁知巴掌即将落到脸膛时，却是轻轻地拍了拍弹性的脸皮，接着是愤懑地问自己，"怎能这样就应了她呢？"没有答案，只有赋诗自问：

> 都说眼睛是心灵的窗口，
> 你眼里射出剑光般寒色，
> 是想割断我们的过去？
> 还是冷漠我的现实？

胡薇还不想和常侧割断关系，但向常侧挑明自己对婚姻的态度，是她对今天的约会最满意的。回到宿舍，她仍对自己说："他常侧这回应该明白，我不可能和一个民办教师结婚。"

至于和常侧上床的事，她在事后不久就认识到这是自己对爱极不严肃的轻浮之举，因此还不顾常家逼婚参加了中考。作为财校的贫困生，她打定主意不接受常侧的经济援助。这是她在痛定思痛中彻悟到的，一个姑娘，轻易丢失了童贞再不通过自强抓住独立，人生价值就可能彻底无法实现。后来，每当她拒绝接受常侧的资助时，总是说，"为了爱，我宁可他人欠我，我绝不欠谁。"把这份关系维系视为对爱的努力呵护。她指望着他转为公办教师，然后结婚，这与其说是对童贞献出的最佳回答，毋如说是为完善形象的现实需要。穷怕了，渴望的幸福美满正是体面加富裕。

为此，她不单希望他努力，自己也不例外。进宿舍一坐下来，就想去翻阅考职称的复习资料，可她刚把一本资料打开，黄中发调动的事就在脑子里蹦出来——他的薪水和福利比现在至少高出四分之一，看来好的工作单位比职称还体面和富裕啊！想到这，胡薇再也复习不下去了，撂下资料去串门，她得去打探一下，看看这小子是怎么调动成功的——哪怕是弄到一点点信息也好。

三天过去，她多方打听也没探出个确切的消息，有的说，他高中同窗的父亲现任市供销社人事科长，有的说，他家有一个亲戚调任供销大厦总经理，而他本人放出的消息确是听从组织安排。谁是谁非对她并不重要，重要的是听说供销大厦在调整员工，正是调往的良机，自己岂能放过。

第四天上，在职工食堂吃晚饭时，她见角落的圆桌边就黄中发一个人，于是打起菜饭就去同桌，彼此打过招呼后，她示好地问道："黄哥哪天走？"

"快——快啦，"一向说话爽快的黄中发听到这一声亲切的问讯，惊喜得回答都有些结巴，"工作移交已完，就差办手续了。"

"听说市供销大厦还需要人，黄哥想必更了解。"

"怎么，妹子也想调走呀？"

黄中发的回问貌似随意，但发音的甜蜜一表心里乐不可支。胡薇一听，暗自惊讶的是他一下摸到自己的心思，但她不想将心里话马上托出，更不想自堵门路，笑起来问道：

"如有那种可能，你看我行吗?"

"怎么不行，我原想等我的事告个段落后，才问妹子的。妹子既有这意愿，我们改天谈好了。"

黄中发小声说罢，即收拾起碗筷离桌而去。胡薇注意到，这离去与其说是先吃完先走，不如说是有同事来就近的一桌就餐，使她马上意识到这是一个好兆头，毫不怀疑这兆头正是梦想成真的开端，好消息突如其来，她对黄中发这个人的评价虽不至来个一百八十度的大转弯，但不再视为"混混"。

黄中发商校毕业分配到郎西供销社，虽说比胡薇早来两年多，但一直是报刊收发以及在主任办公室跑腿打杂，有道是二秘书，但在众人眼里一直被视为没啥能力的人。他本人常在人前自诩"混混"，又常在人前说领导的不是，胡薇认为是领导对这个"混混"的压制性冷处理。如今突然被上头调走，而且是往条件优越的市里调，胡薇认定他非但不是"混混"，其能力也不会在一般领导之下。在这改革开放之年，虽是什么新奇的事都会发生，但一个人若无出色的社会活动能力，同样难有咸鱼翻身的运气。既然他有这个能力，饭桌边又为自己留下续谈的话，再去找他谈，哪怕只在工作调动上提个醒，也是必要的神仙指路。

近天来，凡是找黄中发打听门道的，他一概用善意的假话应酬，将调动的实情密而不泄，但对胡薇的恋，正是他梦寐以求的。

自从他见到胡薇那一刻起，他将她视若天仙：一般人看胡薇的美，多指眉清目秀的脸蛋，黄中发说她通身书写着妩媚二字，她的苗条身段不单是侧面看上去有迷人的曲线美，更是她轻盈的背影也在魂牵梦绕，瞧那柳腰扭动起臀部，不仅仅是浑圆的臀部凸显傲人风姿，还有腰臀合成线具有舞美的神韵。这在黄中发看来，可是一般美人少有的优美之姿。因之在最初的接触中，他把她视为高不可攀的天仙不说，还认为她应该到省的电视台去做主持人，做这区供销社的二级会计，恰似一朵鲜花插在小伙计的瓜皮帽上。他得知胡薇和一个民办教师恋爱，首先是惊异，继之是比较，最后萌生了竞争的念头。

他悉知胡薇和常侧本是同一个村的人后，觉得没什么值得自己大惊小怪，反而认为：既然一个穿中山服的家伙都不在乎"般配"二字，也敢来掠美，我这个穿夹克的未婚男又何尝不可一争？真要比试，还不仅仅是衣冠上的时尚与否，民办教师的地位比全民所有制的，这可是雇员比掌柜；比社会活动力，"啧，这不是我没把你姓常的挂在眼里，你姓常的至今这民办身份就证明你没啥社会活动能力。"年纪上虽大两三岁，但从彼此的容貌看，"咱小黄比你常民办还要青春一些。"

黄中发看到自己有这些竞争优势，所以亲近胡薇，虽说她那不冷不热的态度使他难以恋得起来，但他毫不灰心，有耐心寄以来日方长。这不，他首先在财会办公室将自个儿调动的消息公开，就是向她递信以观她的反应。眼下胡薇凑到桌边来一开腔，可谓正中下怀，所以胸有成竹地抛下继谈的话意。

黄中发以为胡薇当晚定会登门，就在宿舍里一边心不在焉地看着电视一边等她到来，可等到了十点钟都未见其影，心想，怕是不会来了，回想胡薇今天在餐桌边的言谈举止，想起自己向她约改日谈时，她笑眯眯的眼睛神情专注和频频点头，就是定要来面晤的心里表示。

"这是掏心子的应诺，不会不来，不是说改日谈吗？"他在电视机前晃来晃去地踱着步子安慰自己。原本是要收拾东西的，基于这看法，只好原样摆着，免得她来看到屋子乱七八糟的，于是依然看他的电视，可他这时对屏幕感兴趣的，是搜索女主持人的脸蛋、眉眼与胡薇可比或近似的，虽是秀色可餐的视觉晚宴，更在考虑和胡薇的来日谈话。

来日，胡薇在午饭后去了他的宿舍，这让黄中发更加自信起来。这是她第一次来他这单身宿舍，屋里最抢眼的是14吋彩色电视，在单位，只此一台，在镇上，是三台彩电的其中之一。使她不仅看到主人偏好时尚生活的一面，更看到这单身汉的条件优越。她认为黄中发是一个讲究生活的人，还在黄中发的宿舍整洁以及细节上发现了得体的处理，比如墙壁挂衣，黄中发是把衣服挂在衣架上，才把衣架往墙钉上挂，常侧却是把衣服直接往墙钉上挂。再是主人请她就座的沙发，其使用程度和式样，一看就是几年前的自制产品，但也证明主人做时尚达人已非一日，时下，郎西街上大多数人家的家里是没沙发的。她愉悦地坐下来和主人客套几句后，即向他问起市供销大厦那边的人事调动来。

"目前供销大厦是在全面调整人事，但已进入调整尾声，名额几无，而想去的人更多。"他拿出一副领导的口吻来言表，正是他在领导手下跑腿多年所受的影响。

她边听边觉情况不妙，待他话毕，她脸上的灿烂渐失，带着一层薄薄的愁云问道："听黄哥这样一说，我调供销大厦是不可能的啰？"

"从常规调动渠道讲，是这样，就你我的关系而言，动个脑筋也不是毫无办法的。"

她以为他是在暗示调动的活动费，为表明自己对这全国通行的潜规则懂得起，也就直言不讳地说："黄哥有什么办法，不妨直说，需花费的，黄哥尽管替我安排就是了。"

"这，我——不是这个意思，"见她依然带着期待的目光，于是大胆地说道，"不瞒妹子，上头见我至今未成家，还承诺我一个家属名额。我想……"

"哦，这么哟，我就不麻烦黄哥了。"她抢过他的话来说后，红着一张脸起身夺门而去。

客人这突如其来的告辞，主人不知所措，张着空口，眼睁睁地看着她离去，待她的背影早已不见，才回过神来嘀咕道："怎的就……"

3

黄中发在宿舍和胡薇的对话貌似随意，其实，都是他事前编好的几组台词中的一组，他没想到这女人说两句就撂脚本，以致演砸了。他没有怪她，只责怪自己直白了一点点。

她走后，他吸着烟在屋里踱了两趟，倒在床上继续思虑，可躺下来吸了一口烟，马上又觉得这脑子里灌水般搅来搅去的烦心，于是起身坐到沙发上，这一坐，乱糟糟的心绪没了，胡薇的靓影在烟雾袅绕中浮现在眼帘：他的舌尖在唇边蠕动，正是她的微笑至今甜在心坎却回味在舌尖。当舌尖一不在唇边蠕动，吞云吐雾中两眼发贼令人发怵。这是回想起她虽冷面转身而去，但那曼妙的蛇腰一扭，那浑圆的臀部一摆，生出扭摆的柔媚线条，"怎不叫两眼不发贼？虽说这发贼的目光随着浮影的消逝即与墙壁相碰，只缘天仙降临，我黄中发岂能因一次碰壁罢休？"

他平时吸烟极少，重要事遇麻烦，才一支接一支地抽个不断。吸了两支烟，才认定这出戏不应该这样闭幕：自己导错了，哪怕赔本也得重新导、继续演。

"事到如今，这狼套得住套不住，看来只有舍了孩子再说。"他冷冰冰地对自己说，"再说这已是不舍白不舍。"

他当下有了这个主见，为更有把握起见，决定到市里去一趟，回来再找胡薇谈。

胡薇没有顺着黄中发的话说下去，是她马上意识到这男人的意图，并认为顺从这个意图将会遭遇声名狼藉的麻烦，因黄中发在这街上是耍得有一个叫f妹的女友，她胡薇决不能趟这趟浑水。到她回宿舍稍息后，又为自己无礼而辞后悔：毕竟是自己找上门去，就说黄中发有求婚之嫌，又有什么不对？一想到自己和常侧的关系，又觉得自己这样做是对的。她万没想到，这本要搁在一边的事却搁不下来。是夜，头脑里尽是调动与不调动的比较，这不仅是工资的增减，还有工作环境的优越与身份提升与否。为之在床上辗转反侧以致失眠，来日工作恍惚，竟然把三七二十一说成三七二十三。她因之警告自己："机会丢了还可找回来，名声丢了可就找不回来了。"可是，她不想再去找黄中发谈此事，这事却缠在她的心头，使她陷入难以自拔的困苦里，也就在这百般无奈中，她把幽怨转向黄中发："你明明晓得我和常侧在恋爱，却偏要来插手，我看也不是什么好东西。"

遵循"男怕选错行，女怕选错郎"的古训，她只好把"选行"的事暂搁一边。

但是，黄中发并没有让她安分下去，他从市里回郎西的当天傍晚，即去了胡薇的宿舍。她虽然心里认定他不是好东西，但在表面上，她表现出格外的热情来接待黄中发。这不是什么虚情假意，是从国际交际中学来的礼节，亦即越是暗中较劲的大国外交，在接待上越是高规格。她的一般接待是白开水一杯，黄中发过去借故来过两次，都是白开水打发，眼下的高规格是白开水加香茗，虽说这茶叶是过了保鲜期的，但客人注意主人的，不止是这茉莉花茶，还有玻璃杯也是精白料的，在郎西街上用普通玻璃杯的人家可谓普遍，但用精白料玻璃杯的确实是少之又少。这就让客人意识到：这刚转正的职员虽不富裕，却对生活有高标准的要求和渴望。反过来说，主人对富裕有强烈的渴望感，客人更是感同身受。

客人进门也并非只注意这杯茶，更多的是主人的脸色和一举一动，他以为进门必遭主人的冷漠待之，没想到主人热情招呼他就坐，坐具虽是硬邦邦的独凳，但主人温和的语言堪比沙发柔软。倒是他，不单举止不像从前那样随便，就是说话也有些僵硬和不好意思。

"我——特来向妹子辞行。"他本要接着说她可能误解了他在前说的话，她嫣然一笑，将他想好的话堵塞喉管里，他只好急忙端起杯来呷茶。她认为他这是在等待着她开口，但她却不想开口说什么，只觉得俊男献媚总有恰如其分的理由，这不完全是掩盖脸皮的厚度，似有尊重女性优先，因之生发出喜悦的笑颜。她虽笑而不言，好在他已回过神来，于是恳切地说，"妹子要是不介意的话，有些话我还是要向妹子解释清楚。"

见他说后眼巴巴地望着她，胡薇于是和气地回道："黄哥有话，各自说就是了。"

"我嘴笨，前两天跟你说的那个名额，本意是我还没有既定的女友，你只管无条件地拿去，并非硬要我俩是什么关系。"这些话虽然是一口气道出的，腹稿却是几经修改敲定。

她一听"我嘴笨"，忍不住要笑的是："伶牙俐齿的人也来说嘴笨。"没有笑出来，是听下面的话确实是自己误解了他，出于自珍的呵护，又决不能直接承认误解了他。再是自己还不大相信天上掉馅饼的事，然而，眼下分明就是天上掉馅饼。这，与其拒绝，不如挑明，于是从容问道，"你不是在和f妹耍朋友吗，难道她不想一起去市里？"

"哎呀，看来你还不了解f妹，更不了解我们的关系，我和f妹是好朋友，但没有超出友谊，就说我想把这名额给她，她也不够这个格呀。她一个集体所有制的，哪有资格享受我们这全民所有制的名额。"他见她边听边吃惊甚至发怵，接着补充道，"我们也就在这方面不般配，所以一直未谈婚事。"

"哦，原来是这样啊。"她情不自禁地说后，心里的疑团顿时化解，皱眉一变和颜。

"真的，像我这种高不成低不就的单身汉，没必要死捏这名额。"他苦笑地说后，端起杯来边抿茶边看她的反应，见她两眼流露喜悦，于是放下杯子，认真地补充道，"当然，我把这名额拿给妹子，也不是毫无条件的。"

"条件，什么条件，黄哥何不讲出来看我够不够。"她皮笑肉不笑地回道。

"妹子这里，我就不瞒了，我这次调供销大厦，是我把餐饮部承包过来，现已更名'太白酒店'。你知道效益是部门经理的首要职责，因此，妹子调过去后，得做我的工作好搭档，帮我把好财会这一关。"

这话分明是说她调过去就是主办会计，这是许多人当了一辈子的会计都没捞到的位置，这位置对她不仅意味着薪水增加，还有内当家的权力在握，更重要的是，因工作关系调动，自然损去个人瓜葛的麻烦。所以，她听后按捺不住内心的兴奋，本想说："黄哥何不早说。"但马上意识到这话有不稳重之嫌，于是按捺着笑颜一本正经地回道，"黄哥应知道我是个刚转正的小会计，帮黄哥把关，行吗?"

这话在黄中发听来，意思就是"我行"，但对她如此谦虚的回应，不单认为她行，更认为她是个持重的姑娘，就是撇开感情用事的一面，他想到的不仅仅是她行，也要自己显示出部门主管物色人才的能力，因而拿出做领导的口气回道："我点的将，没有不行的，妹子有主内之才，区社领导没眼水，我是留意了的。"此话一出，又想看看这女人对民办教师有多大的依恋，即苦笑着说，"当然，要是妹子因个人问题有困难，这调动我就不勉强了。"

她还想就供销大厦的部门现状做一点了解，可一听他最后这句话，唯恐这良机被自个儿弄丢，她不敢再去扯其他了，忙回道："没问题，我个人倒没啥，只是这——调动手续，我当然要积极地活动，但主要的还望黄哥帮我。"

"关于调动手续的办理，就用不着妹子去费劲了，我到任后，很快就会把调令办到你手里的。"

"真的吗?"这是她内心想问的，也是万想不到的惊喜，因这类调动，自己可省一大把活动费。但话到嘴边，突然想到他不仅说话打官腔，论说眼前就是自己的领导，于是笑眯眯地应道，"那——我这就听领导的。"

黄中发听后，首先满意的是自个儿的导演成功，于是得意地端起杯来，喝茶时想的是以商量的态度和她谈一谈相关注意事项，当放下杯子时，又觉得自己作为她的领导，得有领导的派头，故仿上司态度，板着脸对她谈起来。她看到他谈工作像区社领导一样带着一脸的严肃，不单表情上唯唯诺诺地直点头，心头也承认："上面提拔他，也在他确是块作领导的料。"

为了给她留下干练的印象，留下"恋"的可能，几句话简要交代后，他离开了她的宿舍。

4

　　黄中发调市里不久，胡薇就接到调令，这使她不单看到黄中发为人正派有能力，更是由衷地认定黄中发不只看到她的美貌，还器重她的才华。知遇之恩更是感念在心。

　　胡薇接到调令这天，带着异常喜悦的心情去找常侧。之前，她一直把这次调动的事阴在心头，对任何人也没讲，就是对常侧，也觉得没有必要透露，一是怕调动不成上司在工作上拿"小脚鞋"给她穿，再是怕常侧犯酸碍事。眼下，调令在手，再也没有什么可怕的了。只是在去中学的路上，黄中发和常侧的形影在她脑海里晃来晃去，这两个形影在这晃来晃去的比较中，使她清楚地看到常侧的身份、能力及形象都不如黄中发，尤其是乡镇中学民办教师的身份，相对农民是体面的，相对市供销大厦的财会负责人而言，实在不般配。于是问自己："和这样的人生活在一起，能快活吗?"这问题不能得到肯定的回答，于是觉得就这调动的事也没有必要去"吱一声"了。她毅然转身，在回转的路上用腹语告诫自己："反正两个都套在手上的，看个究竟再说。"

　　常侧至大柏树幽会后，牢记"心头恋着"没有再找胡薇，而是把精力集中在"民转公"的考试复习上，直到胡薇调市里已三四个星期，他才听到胡薇调动的消息。这天下班后常侧带着满腹狐疑去供销社胡薇的宿舍找她，见门锁着，便去问邻居。

"咳，胡会计随黄秘书调市里了噻。"邻居见常侧一脸惊诧，反问道，"怎么，常老师不知胡会计的工作调动了吗?"

"咋，真的调了。"他把这话包在嘴里，改口回道，"唔唔唔，晓得晓得，我不过是来……"

当他撑着笑脸回应后，想的是回身，脚下则仍往前迈，迈到墙脚几乎碰壁才转身回行，这时，强撑的笑颜已变成一副哭丧脸，脑海里一片茫然，有气无力地迈步使他更感到头重脚轻，怒目切齿地走在回校的路上，只有心里痛骂："嘿，妈的个厮，敢甩我! 我看……妈的个厮。"之后，又不断问自己："难道这煮熟的鸡还真的飞了不成? 难道上了床都套不住?""哼，我就不相信这煮熟的鸡会飞了!"

他再去其他地方打听，被打听的人都惊愕地问他："难道她的调动没跟你商量过?"

他心烦意乱地回到学校，在宿舍坐也不是站也不是，只好到校园里去逛，碰到同事，虽是按平常的笑脸打照面，总觉这些打照面的人早在背后嘲笑、议论这事，于是回到自己的宿舍，连续抽了两支烟后，思绪总算平定下来，坐在窗前一边抽烟一边考虑这事，再问这只煮熟的鸡是怎么飞的时，又认为这是自己早就套住的东西，不能这样被人轻易套去! 他决定去前白城头找胡薇，要她拿句话来说，要么马上结婚，要么一刀两断！这个打算又令他马上警觉："我和胡薇一刀两断，这不正是姓黄的求之不得的吗？"

他把烟头一撂，无可奈何地一头栽向床上，本是面向棉被，但脸贴着棉被吸了一口气后，觉得自己不应这样自暴自弃，于是翻过身来，面向天棚，睁着一对死鱼眼寻思起来。他虽看到他的婚恋跟天棚上倒贴的废报纸一样——在产生颠覆性的效果，但思来想去，想到胡薇调市里工作是她在大柏树就明明白白地告诉过自己的，又觉得这就如天棚上的过期报纸一样——有言在先。人家既是"有言在先"，还有什么好气愤呢？只是，他觉察胡薇的邻居在刚才说的话有弦外之音，是暗示黄中发在勾引他的未婚妻。这，自己不能坐视不管，"决不能，得好好地找个机会，给黄中发这厮一点威慑。"

威慑这个词，常侧原先认为是近代西洋人闹着玩的游戏，后来看到我们的古典里"不战而屈人之兵"的事儿。这才认识到：威慑力正是强者善于逞能的法宝。

他万没想到这逞能的机会在两天后就来到。这是同事吴刚请他喝酒，同桌共饮中竟有供销社的，先是很高兴地畅饮，饮着饮着，常侧就沉默寡言地喝起闷酒来，又过两巡，不待大伙举杯共饮，独自举起杯来，昂首张口，硬将一满杯酒倒入口中，嘴里冒出"扑哧"一声后，紧接着是手中酒杯向桌上重力一搁，随着"啪"的一声，他带着一对恶扎扎的眼离桌去了主人家的厨房，随即操着菜刀来到酒桌边，见主人招呼他入座，便带着朦胧醉眼似笑非笑地举起明晃晃的菜刀对主人说："兄弟，暂把这家伙借给常某用一用，得叫黄中发这厮看看我常某人的明晃晃。"此话一说，他见语惊四座，有睁大两眼对着他发愣的，有惊讶中问缘由的，但听得主人劝他坐下来好好地说，他一边用左手挽右袖，将操刀的右手举在空中向主人挥了挥，然后挥着菜刀向门外扑去。

主人见状，马上明白过来，随即抢道拦在门口，央求之中又顺意地说："常哥，你把事跟兄弟讲明，兄弟和你一道去收拾他。"

"兄弟，你和大伙各自喝。"常侧一手挥刀，一手拍着胸膛说。

"不过半巡酒，我常某人管叫……他姓黄的……白刀子进红刀子出。"

"哥，你我弟兄共饮一杯再去收拾不迟。"主人一边说，一边伸手去夺常侧手中的菜刀，不料常侧操刀的手向上一伸，主人只好将常侧的右手腕死死地捏着，这时，大伙儿围上去，在七嘴八舌中将常侧手上的菜刀夺过来后，七脚八手地将他扶的扶、拉的拉，劝说的又劝说。

常侧却奋力挣扎的同时，连喊带吼地说："兄弟们不要以为我多杯了，他敢端我的飞碗，我就端……他的脑壳。"接着板着脸，十分生气地对主人说，"你不借，我自己回去拿。"

大伙见常侧还在使劲地往外窜，扶他的人只好随他外窜，扭着头对主人告辞道："我们都喝满意了，这就扶着他回去了。"

主人还想挽留，供销社的却对主人说："就让他们回去吧，常老师今天多杯，看他这杀人阵势，可是酒醉思仇人啊。"

"兄的——个弟，"常侧眯着眼，似笑非笑地对供销社的说，"哥，今天没多的个杯，改天再和你多杯。我有事，得先一步。"常侧睐着醉眼，似笑非笑地对供销社的说后，跟跄了两步，才在同事的扶持下回学校。

同事们扶着他跟跟跄跄地回到宿舍，他横倒在床上即"呼呼"假睡，听得关门声又听到酒友走远后的叽嗟声，才将醉眼一睁，接着得意地笑了。他很满意自己刚才上演的这一幕，自己终于操起菜刀并且喊出"白刀子进红刀子出"。较之平常，他确实多喝了一点，为了壮胆，他不得不多喝两杯，不然，"白刀子进红刀子出"类的话是喊不出口的，更不要说操刀杀人了。杀不杀人姑且不说，单说这操刀杀人的气势，据说唱戏的要在后台操练好一阵子才演得像，今天自己能如军演那样演出威慑力，自我评估，不错了，不然，供销社的那个酒友为何说出"杀人阵势"的话来呢？

因此，他相信供销社酒友会很快将这"杀人阵势"在供销社传开，接着传到黄中发和胡薇耳边。这在江湖上叫敲山震虎，但从武力胜出讲，他认为这才是极具威慑力的军事演习。当然，他接下来也在考虑震慑不住的对策，这下一步对策虽是八字还没一撇，但他坐在床边，烧着烟冷冰冰地自语道："嘿，姓黄的，你要敢套我的女人，这噩梦才开始呢。"

5

就在常侧借酒示威的这天下午，黄中发和胡薇却在太白酒店宴请相关领导，也就是通常所说的答谢宴。这类酒宴，一般没有会计的份。但黄中发要胡薇参加，一是在领导面前暗示和胡薇的恋爱关系，二是领导喜欢美女作陪。胡薇只知黄中发意在展示他俩相好，心里十分高兴黄中发的这一安排。

她自己想多参加这类社交活动，旨在增长自己的见识，扩大自己的社会关系。她认为农村人之所以愚昧，就因见识少，社会关系窄。近来她一拿常侧和黄中发作比较，察觉常侧至今还是民办教师的原因，还在见识和关系都不如黄中发，继而一想起常侧那自我感觉良好的"君子固穷"，就觉得是愚昧之至。

按前白的酒宴规矩，酒过三巡，主人得向客人敬酒，这敬酒虽是宴饮游戏，却是主客的地位、脸面乃至关系的一大检验和展示。今天敬酒的第一人是市供销社的谢主任，就因为他是这酒桌上唯一的正县级，虽然谢主任常常自嘲"不会跟，才从七品。"但今天在座的贵客及供销大厦的一把手汪总，都差谢主任一级甚至一级半。常言道："官大一级压死人，你敢不先敬？"

谢主任的酒好敬之中又不好敬，他有海量却常说"不胜酒力"。属下慢慢琢磨，终于明白：要得酒宴合主任的口味，得有好烟好酒好厨子，主任的酒就好敬。主任因此在治下有"三好干部"的美誉，但是，属下必须是在孝敬的前提下讲这三好，主任端起敬酒才会"咕"的一声干杯。这不是主任要什么官架子，主任常说："以礼从之，席不正不坐。"

黄中发认为自己是十分了解主任的人，他认为今天的酒宴完全符合主任的"三好"，而且更有胡薇陪在主任身边。所以待敬酒一斟满，便端着自己的酒杯兴致勃勃地来到主任身旁，堆笑地哈着腰对主任说道："主任，中发承得您老人家的培养，在此敬上薄酒一杯。"

谢主任一上席本是有说有笑的，这时一听到"老人家"三个字，犹同胸口被针刺般把眉头一皱，好在主任想得开，片刻间又回到先前的笑开颜，以致待黄中发的话一完，他端着茶杯笑眯眯地回道："中发呀，你今天这杯酒，论说我是无论如何也要喝的，可我老胃病犯了，权并以茶代酒吧。"

这出人意料的回话令黄中发顿时一惊，端在手中的一满杯酒也在颤抖下滴滴溢出，六神无主中支支吾吾地应道："这，主任，这杯酒——可是中发的一片心意。"

坐在主任斜对面的汪总一听谢主任说以茶代酒，暗自酌量这不是之处，觉得黄中发嘴上的"老人家"三个字犯了大忌。汪总心里明白，自从人事政策强调干部年轻化以来，谢主任最厌恶人家喊他"老人家"，尊称也不行，听起来最是败心绪。汪总不敢挑明，但看主任的笑眼夹杂着白眼与冷眼，不怕这杯酒敬不上少不了穿"小脚鞋"，更怕主任怪罪自己不会用人。于是高声说道："中发，你若以茶代酒就是对主任的大不敬哟。"

黄中发一见主任推杯，即知礼数不周，心头只问："这礼数在哪里不周？烟是'中华'烟，酒乃'茅台'酒，厨子是市里数一数二的大厨，这老家伙咋的就是不买账呢？"待到汪总发话，黄中发的舌头灵活过来，于是拿出拍马溜须的本事，一股劲地拣好听话来敬酒，可是，酒桌上修炼成仙的主任任凭黄中发这小子伶牙俐齿，他转而拿这小子来开心。

胡薇认为这样僵持下去，势必冷了酒席，向黄中发递了个眼色，把自个儿的酒喝了，才站起来把主任面前的酒端过来倒在自己的空杯里一饮而尽，然后把主任的空杯递给黄中发，说："给主任敬上。"

这在前白的酒桌上叫"尊中更敬"，胡薇的一举一动完全符合这"尊中更敬"的规矩，主任不得不喝。所以，黄中发把主任的空杯斟满，主任接过来"咕"的一声干杯后，搁了杯，乐呵呵地对黄中发说："中发呀，你有这样的助手，我就不担忧汪总炒你的鱿鱼了。"说罢盯胡薇一眼，才意味深长地对黄中发说："但是，日后不保证我们的胡会计炒你的鱿鱼呀。"

主任最后这句话引起哄堂大笑，大家都说主任真会开玩笑。敬完客人，最后是汪总，有道是压轴。拥有海量、又是顶头上司的汪总论说是不会刁难黄中发的。只缘胡薇解围非事先预设，全是她个人见机行事，所以，想再考考她的酒宴应变能力，也推说自己身体不适，"自家人，这杯敬酒免了。"于是，一边用酒话与黄中发周旋，一边拿话来激胡薇。

胡薇听出汪总用意，笑盈盈地对汪总说："汪总，黄经理免敬酒就是大不敬都不说，你再推杯就不怕怠慢了我们的贵客。"

胡薇话一完，汪总乐呵呵地对客人说："想和下属多开两句玩笑，我们的员工都怕怠慢了你们。"汪总说罢，端起杯来和黄中发一干杯，对客人说，"我们接着猜拳，不醉不散。"

客人酒酣散时，已是夏夜来临，送走客人后，汪总把黄中发和办公室主任叫到一边，吩咐道："以后公司宴请贵客，把胡薇跟我叫上。"

这话让黄中发马上意识到：不尽快把她套上床，准会从眼皮下飞走的。因此，二人一同走出酒店，在大街上肩并肩走了一段，他便伸手挽她，她没有拒绝，只用欲开还闭的醉眼瞅他一眼，说："喝多点，脚下有点飘。"

"我倒不飘，只是高一脚矮一脚的。"黄中发嬉笑着回应道。

进入小巷，他把手伸向她的腰际并护她走，见她并不反感更见无人，便不失时机地把腰间的手滑到她的臀部，紧接着掀起衣摆伸向她的裤内。就在他的手指触到肌肤之际，她将身子一闪即把他撂后一步，待他跃上去再护她的腰时，她拒绝之下轻声地对他说："有人。"

这话到了黄中发的耳里，就是"等一会儿"的意思。"等一会儿就等一会儿，反正快到了。"黄中发默默地对自己说。

穿过小巷，就看见供销大厦的单身职工楼，这是一栋筒子楼，黄中发住三楼，胡薇住二楼。到了楼门口，黄中发说还有要事和她商量。她带着打量的目光瞅了他两眼，把开门的钥匙给他时，说："我去方便一下。"

她知道，这个一路猴急的男人所要商量的要事，无非就是商量上床，如今既已倾心于他，上床不过是早晚的事，眼下适逢月信在身，何不顺便将处女的凭记做出来。因此，她到厕所里把贴在内裤上的卫生巾一撕下，便回宿舍。

令她万没想到的是，她一迈进自己的宿舍，门在身后"砰"的一声关上，黄中发从门后伸出双手将她拦腰一抱。

"你放开，你放开，把你的手放开！"

她悄声在喊的同时，手脚也像在力求挣脱。但是，黄中发却把这上气不接下气的女低音听成莺吟滛浪，还让他感到她那挣扎的手脚是在带着自己往床边走……

一番云雨后，赤条条的黄中发带着一身汗水筋疲力尽地躺在床头，她一丝不挂地带着一头乱发和一身娇困起床，在床头寻见文胸，抓在手里就往身上戴，谁知戴上才察觉背扣已扯脱，忙脱下来撂向屋角，接着捡起地上的白衬衣就往身上穿，穿上身才看出是黄中发的长袖衬衣，好在和这男人也犯不着再分你我，穿上也就穿上，似乎比自己的短袖衬衣还恰当些，因男人的衬衣在她身上大可将三角区遮一些，虽说这时谁也不在乎遮与露，但习惯使然。她接下找到自己的三角裤，将三角裤展开，面对上面的血迹看了一眼，把三角裤朝着黄中发的脸上狠狠投去的同时，气急败坏地面对着他怒责道："你看你，我一个黄花闺女就这样拿跟你——"说到这时就"呜呜呜"地哭起来。

他把她的三角裤从自家脸上取下来，看到上面鲜血成斑，听她连说带哭，连忙跪在她面前颤颤抖抖地求婚。

6

　　黄中发和胡薇发生性关系不到两月即举办了婚礼。在婚礼的前一个礼拜，他和未婚妻回郎西邀请亲友参加婚礼时，才知常侧在月前曾酒后扬言杀他，他听后，不以为然地冷笑了两声。可胡薇却板着脸十分气愤地说："他常贼和我不过同乡而已，自曝单相思，真可笑。"

　　"今后不理睬他就是了，犯不着为这种人生气。"黄中发极温和地安慰未婚妻。

　　"我才懒得理这种人呢。"她瞪眼板脸地回未婚夫。

　　胡薇和黄中发结婚后，对常侧不是"懒得理"，几乎是忘却。婚后不仅家庭幸福，事业也日益兴旺起来，除太白酒店外，黄中发还将市供销社歇业的废品收购公司承包过来，兴办了"圆梦浴场"，两人还有了一个小女孩。

　　可是，在胡薇孩子满月的第二天，她的表姐，也就是她的财会助手甄姐，却给她带来一些坏消息："两月前，也就你住进医院保胎后，黄总换调了汪忠，把一个叫廖里的按摩师提拔上来当他的办公室主任。"

　　"他把汪忠调到哪儿去了？"胡薇惊讶地问，这是她安插在丈夫身边的眼线。

"把汪忠调到大堂去当副经理。"甄姐接着说,"另外,工资花名册上多了个叫f妹的,职务是总经理助理。"

胡薇一听到f妹这个名字,眉头顿时一皱,下意识地问:"总经理的助理,什么时候来的?"

"前月,也就是你刚生产时。"

"当时你为何不吱一声呢?"胡薇厉声问。

"我一直在酒店这边忙,这事也是刚从汪忠嘴里掏得的。再说,你在月子里也不宜过问这些烦人的事。"甄姐见胡薇气得脖子上的青筋直冒,忙安慰道,"你也不要恼火,我听汪忠说后,还没去查个究竟,事情也许不像我们想象的这么坏。"

"姐,那你马上去浴场给我查个究竟,看看还有哪些异常情况,查实后速告诉我。"胡薇把甄姐送到门外,凝视着甄姐的背影,希图她马上带着查实的结果回来。

甄姐总是把自己打扮得整整洁洁的才出门,在同事眼里是个标准的商务熟女,可是在胡薇心中,这个表姐既是精明能干的内当家,更是心腹。所以,胡薇向来认为甄姐的话犹同她笔下的账本一样——不会有一分钱的差错。而这次,胡薇却在内心希望甄姐的话有差错。夫妻恩爱和财运鸿发,使胡薇由衷感到找了个帅气的如意郎君,白头偕老成了她对郎君毫无悬念的信条,当f妹这个名字从甄姐的口中一吐出,好似美梦眨眼成凶兆。甄姐走后,她转念一想到郎君在婚前信誓旦旦,看到眼前的家是这样赏心悦目,心头竟自我安慰起来:"他跪在我面前赌过咒、发过誓,但愿事不至像想的这样糟。"

　　两天后，甄姐和胡薇在电话里相约在办公室详谈。甄姐一进胡薇的办公室，把门关上就和胡薇去了办公室的里间，二人在沙发上促膝而坐，甄姐小声说道："f妹当助理不假，她到财会室领工资还是黄中发亲自带去的，但这女的除领工资外，一天班都没上过。另外，从黄中发报销的客户住宿发票来推敲，他们两月前在宾馆开房，前月才搬到别的地方。"

　　胡薇一听，心头犹被撕裂一般难忍，恨不得将这个抢她男人的婊子碎尸万段，因而怒目问道："搬到哪去了，知道吗?"

　　"不知道，汪忠再三打听也没打听到。汪忠只从廖里嘴里得知，黄中发说你跟他生了个女孩，他得另找二奶来传宗接代。"

　　"姐，"胡薇悲哀地喊了这一声后，咬牙切齿地说，"这倒是他花心子的最好借口，可见这花心子的在公然跟我叫板呀，姐，你说，这叫我咋办呀?"胡薇跺着脚，哭起来问，"姐，我该怎么办呀?"

　　甄姐见她转眼间即成泪人儿，同情道："这事我也反去复来考虑了一番，鉴于男人有钱就变坏，一坏就难好，你是聪明人，自有主见，我也只能跟你提个醒，你酌量，你看行不?"

　　"说呀!"胡薇催后，紧接着怨道，"男人都被抢走了，我聪明个鬼呀，你快说噻。"

　　"两条路，"甄姐脆生生地问，"这就是你想保婚姻还是要财产?"

　　"这两样我都要，不然，我又何苦嫁给他。"

　　"那——这两样你都极可能得不到。"

"为什么呀？姐。"

"你想想，在工作上，你这两年就是总经理的助理，你男人公然把二奶也调来当助理，二奶实际上就是和你平起平坐了。作为法人代表的男人将二奶宠着，抛弃你不过是早迟的事。如不被抛弃，也只能在男人的胯下过忍气吞声的穷日子。这在前白的富翁堆里已不是一家两家了。"

"我们是共同创业，在法律上财产应有我的一半。"

"妹子，你咋忘了承包企业的产权是发包者的呢？法庭上他黄中发借这名保住财产，过后做个手脚就转到他个人的腰包里。"

胡薇在思量中喃喃念道："看来，我只有——"

"保得住手中财权，保住财产，最后或许保得住婚姻。只是名存实亡，到时你觉得也没啥意思。"

胡薇止住抽泣，小声问道："姐，怎么保？"

甄姐淡定地看了她一眼，在她耳边小声说道："再过几月，太白酒店的承包期不是就到了吗？以你的交际手段，完全可以转包到你名下，过二年，再把他挤出浴场，那时，看他黄中发还有什么资本和你叫板？"

胡薇手托下巴思量了一番，坚定地回道："好，就按姐说的办。"

甄姐板着脸告诫道："但是，前提是从眼下起，你要容忍现状。尤其要微妙地容忍f妹和他亲密，让他醉在f妹的怀里不醒事，不然，酒店难以转到你的名下。"

"咋个微妙法？姐，你说明白一点，我这脑子现在是被黄中发的突然袭击炸愣了。"胡薇哭丧着脸说。

"睁只眼闭只眼，凡事都得暗示条件交换。"

"好吧。"胡薇无可奈何地回后又咬牙切齿地把面孔板起。

"要温和以待，像温水煮青蛙那样，不然，姐也帮不了你。"甄姐说。

胡薇从办公室走出来，再没有来时的张皇，与下属打招呼也一如往日的和气，回到家里，对保姆的态度也从容如前，只是一进卧室，看到壁上悬挂的婚照，马上怒不可遏地踏上床去将镶着婚照的玻璃框取下，气急败坏地将玻璃框高举，正要甩向地面时，想起表姐刚才的告诫，忙又挂回原位，气愤难平地走出卧室。

半年后，她才理直气壮地劝说丈夫珍惜夫妇幸福，维护夫妻尊严。虽多次劝说，可痴迷于野花总比家花香的丈夫犹同醉倒在桌子上的酒鬼——喊不应也摇不醒。在家庭战争时有发生的情况下，更让她恶心不已的，是她居然被黄中发染上性病，胡薇不得不摊牌：分居分产业。然后再说离婚。

初秋的下午，胡薇在午睡后，带着拟好的分居协议出门。她以前到浴场找夫扯皮已多次，这次一看到浴场的门脸，想到夫妻即将一战，只有在心里给自己鼓气："夫妻忤逆，勇者胜。"

7

胡薇步入浴场进厅时，不仅脚下生风脸带煞气，两眼也直发寒光。然而，到办公室后才知黄中发已去北方物色洋小姐。在办公室丢了两句话给廖里即回走，出了浴场的大门，每迈一脚都觉得有千斤之重。更没想到，在回供销大厦的路上，遇到了常侧。

常侧在一个小百货摊前弯着腰挑小剪刀，他的黑白条花T恤扎在藏青色的西裤里，脚穿黑色凉皮鞋，这一身城市青年的时装，胡薇从未见过，论说是认不出他来的，可这弯腰人的说话声却诱引她去看他的脸，虽说只看到半边脸，但这半边脸却告诉她此人正是自己无情抛弃的旧情人，想的是快步离去，万没想到他腰间的一根红缨绳在此刻拴着她的心。这根红缨绳在他腰间与一串钥匙相伴，她一眼看出这绳正是自己多年前用红毛线给他辫的，眼下，心被绳牵，她不由自主地走到他身旁，报复之心油然而生：你黄中发叫我当怨妇，我干吗不给你戴绿帽!

她无声屏息地挨在他身旁，虽不过半分钟，总觉得候了好一阵，但见他挑了货又讲价，于是不耐烦地掏出一元钱递给摊主，之后才笑眯眯地对旧情人说："挑了货就不要讲价了。"

"呵，"常侧扭起笑脸看她，一见是曾经的情人，脸色在起身之际阴了下来，以致面对她时，苦笑着说，"哟，是你哟。"

她面对着他，只用嘴角动了一下，便自个儿离开了摊位。言下之意是想让常侧跟过去，可常侧并没意会，胡薇走了几步回头见他还站在原地发呆地看着她，笑着招手喊道："走嘞。"

常侧跟过去，木讷地问："去哪里？"

"你既然进城来，就应该到我那里去。"

"我还和我家全哥有约，你那里，我就不去了。"他的双脚仍然跟着她的步子。

"为什么呀？"她停下来吃惊地问后，一双大眼似笑非笑地瞅着他，好像在问，"难道你真的恨死我吗？"

"我不想见黄中发这厮。"他冷眉冷眼地回道。

"他出差了，今天就我一个人。"她细声说道，"不管怎么说，我俩的事，能了不能了的，心头都得揣个明白，你说是不是？"

"好吧，走累了，正想找个坐处息一会儿。"

胡薇听得出，这话里依然带着一腔怨气，她却忽略不计，故意关心十分地问这问那，脚下不再沉重，感到特别惬意的，不仅仅是旧情人身上的藏青色和自个儿的白衫形成最佳搭配，还在这不期而遇令她感到爱的回归。脸上的煞气早已不见，喜露于颜，心儿也似乎有小鹿蹦跳似的欢欣不已，原本是右手打着的阳伞，和常侧一道没走几步，她就把伞换到左手，和在她左边的常侧共享一伞，这样一换，胡薇觉得他们如此共步在烈日下真是美妙极了！

进了办公室，她关上门就直接带他到里间。胡薇说这是她的午间休息室，但在常侧眼里，更像是个高雅的会客室，这屋内的柜、茶几和沙发都一显豪华。他坐在单人沙发上一点都不自在，家什瞅了望墙壁，他不知这四壁的典雅图案是壁纸贴出来的，所以在诧异中对胡薇的变化羡慕不已。

胡薇没注意到常侧的惊诧，招呼他坐下就忙着沏茶，一杯香茗放在他身边的茶几上，自己才端着杯在他对面的沙发上坐下来，笑眯眯地说："记得你常说，热茶比冰水更解渴。"

尽管他常说"热茶比凉水更解渴"，但在此刻，在常侧心里，这杯热茶却比凉水还要冷，面对胡薇的微笑只冷冰冰地回应道："欸。"

莫看他只吐了一个字，就凭这一声应答，胡薇知道他一腔怨气无处吐，更知这一声"欸"在将死结解开，于是装成苦脸说："当初，也怪我这个人胆子小，一听你要杀我，就吓得不敢和你——"说到这里，带着一副哭相看着他的反应。

他一听她翻起老账来，怪不好意思地埋着脸说："那不过是吼得凶，我说杀黄中发这厮，你晓得，我是个鸡都不敢杀的人，吼得再凶，也不过一堆酒话，你就不要……"

看到他抬起头来红着一张脸，湿着双眼，痴痴地望着她，胡薇的心不觉一酸，不想再往伤口上撒盐，赶紧转移话题，关心地问道："你的'民办转公办'是去年还是前年转的?"

"还没有转。"他苦笑着回道。

"为什么呀?"她吃惊地问。

"你一进城,我也丢了魂,就再没去学数学,也不想考什么公办不公办了,反正到 2000 年,没考起的也得转为公办。"常侧双手抱左膝,十指交叉中苦笑起来望着她,带着无奈的口吻回答,随后,端起杯来呷一口茶便埋头不语。

胡薇没想到这话题伤害了他。她明白,他是县里小有名气的诗人,这民办教师转公办的考试,文科是没问题的。但他的数学就只有高小底子,所以,她知道常侧说的是大实话。自己也找不出开心话来说,也端起茶杯来抿了一口,带着关心的口气问道:"听说你已结婚,我只祝愿你过得愉快。"

"结啥子婚哟,"他扭着头,嬉笑着对她说,"真的,家里人谈得热闹,只是,我怎能自毁誓言背叛我的爱呢。"

她这才想起和他第一次后,他发誓爱她一辈子,现叫自己说什么呢?"唉——"她长长地叹了一口气,说,"常侧,都怪我……你要恨就恨死我吧。"

常侧睁大眼本想说:"事已至此,怪有何用。"但话到嘴边却说不出口,只半闭着两眼淡淡地说道,"要是恨得起来就好啰,天晓得,我就是恨不起来。"

胡薇听后,心里只有内疚,想说点什么来安慰他,但想张口又怕伤害了他,于是用了一堆自贬的语来向他表明自己不是个好女人,给他带来不幸。常侧听到她这样一说,回道:"风过雨已过,我也想通了,我自己不过一个癞蛤蟆,能吃一口天鹅肉，也应该知足了，更不说你今天还念旧情，眼下还把我作上宾看待。你叫我现在就去死，我也死而无憾。"他认真地说完，痴痴地望着她。她接下来说了一串要他好好生活下去的话。

从和解到共诉衷肠，常侧突然觉得和一个有夫之妻长时间关在一屋也不像个话，于是端起杯来牛饮般喝了两大口，站起来笑嘻嘻地对她说道："我该走了。"

她见他说走就走，惊慌失措地拦着他说道："怎么，这就——"

能让他这就走掉，在带他来办公室的路上，她就认定今天的邂逅是天赐破镜重圆的良机。近年，她饱受独守空房的滋味，上天既然把情郎送回，自己得亡羊补牢，既给夫戴了帽，又将窘况化成乐土，因此，得把他牢牢地套在手上才是。刚才所说的一切，正是为了这一目的，现在，自己该行动了，胡薇不由分说地搂着他，呢喃道："侧，胡薇还是你的胡薇。"

常侧听她这样一说，先是一怔，待到她的胸脯贴来，他的双手也在使劲地将她搂抱，和她搅着舌头向三人沙发上移去……

二人尽兴合欢后，常侧不顾胡薇的挽留，借故学校忙而告辞，别时，常侧含着泪和胡薇吻别，这是他认为买剪刀遇情人，便是剪断情缘的预兆，尽管眼下合欢，也不过巫山一梦。更觉得和有夫之妻通奸不道德又危险，所以，胡薇要送，他都不准，一出胡薇的办公室，心头就"扑扑扑"地跳个不停，惊惊慌慌地走出太白酒店，向周围扫了两眼，见并无什么人盯他时，心才平静下来。

常侧回郎西后，不再认为通奸不道德，只觉得危险："不要说犯在黄中发这厮手里，就是被这厮的手下抓住，岂不——"

但是，他在孤单的深夜里，两杯浊酒下肚后，一想起与胡薇的合欢，又对自己说："怕啥，只要还能睡她，就是刀架在我脖子上也值。"

8

　　黄中发从外地回到浴场，得知妻要他速回家商量要事，想到财权在妻手里，一点不敢怠慢，匆忙洗个澡，换身衣服赶回家。用他的口头语来说，是"去大房处"。

　　如今的黄中发不单钱财大发，体态也发了，在郎西时那干瘪的肚子如今长成鸭蛋肚，在古人看来是得了富贵病，在现代医学上叫肿大，在商人形象上，有道大腹便便，在他本人，总认为是发福更是绅士风度的形体展示。就这副身板，衣着才买的白衬衣，不单是洁白，还有光华，尤其是新衬衣上熨出的折线，使他觉得格外笔挺，浅灰色的西裤穿在身上轻薄凉爽，伸展笔挺不生硬，腰间的皮带和脚上的凉皮鞋都一个劲地散发乌亮，好似在加强一身的庄重。此外，挂在腰带上用以传呼的PP机，就外交礼仪的形象要求而言，是画蛇添足，但在前白，这可是成功商人的时尚通讯配置。

　　这一身，这形象，一年前在胡薇眼里，自是如意郎君的得体展示，无可挑剔的白马王子，现在而今眼目下，她一看到他，联想到他浴场泛交还立了二房，就认定他不过是一头雄的牲口，进而想到性病传染，即把他视为患传染病的脏货。

黄中发进门时，胡薇正在沙发上和颜悦色地看书，一见夫回来，就板起脸来白了夫一眼，随即把书往茶几上一撂，想到要谈的事，脸上马上又露出一点和气和皮笑，一言不发地打量起夫来。黄中发见妻刚才看的是时装杂志，眼下又在自己身上扫来扫去，以为妻是暗赞他这身穿戴，所以指着自己的身板说道："扎眼吧，这名牌就是名牌。"

"是条漂亮的领带，"她冷笑着说后，接着皱了皱眉，说："不过，我总觉得可惜了这些布料，如此华丽却裹了头脏货。"

"你看你，又来了。"他收起笑容，和气地说道，"一听说你找我，这不是召之即到么？说，什么事？"

胡薇也觉得刚才的挖苦话不应该，至少不宜成事，于是和气回道："也没啥了不起的事，就是叫你来签个字。"她慢起身，踱步一般去卧室拿了两张打印过的A4纸出来递给他，从容不迫地嬉笑着说，"若无意见就签字，有屁就只管放。"

黄中发接过手来，一看抬头上写着"分居协议"，脸上顿时绽开笑颜，高声赞道："好哇，你现在终于承认爱情不是山盟海誓,这可是进城两年多来的非常进步呀！"他摇晃着手中的协议说，"我说爱情有似菜市上的大白菜，晨里新鲜午后蔫，贤妻过去还一味地反感，眼下，贤妻不也夫唱妻随了吗？"

她现在唯恐他这样胡搅，不耐烦地催道："你这些屁话要放就拿到外面去放，现在要想了事就快看下去。"

"好好好，我们书归正传，来逐条讨论，逐条讨论就是了。"他见妻又将白眼瞪起，便坐下来面对协议边看边议道，"圆梦浴场归我黄中发，这倒是英明的哦。"

胡薇忙接过话来说："下一条说太白酒店恐怕就不英明了。"

他的眼顺着妻的话意跳到下一条，看完瞅着妻说："太白酒店归你胡薇，呵，这可是我承包的呀，我亲爱的太太，哈，这可是我的发祥地呀，你叫我——"

"黄老板可是贵人多忘事呀，太白酒店的承包期前季度已到，可是法定易主了。我这里还要提醒黄老板，它将更名'太白大酒楼'了。"胡薇说完，抿了一口茶，翘起二郎腿来看着他一笑。

黄中发一听，就知妻已将太白酒店包到她自己名下，只在心头怪自己太粗心大意，接着又暗自一惊："这岂不是谢主任所说，'日后不保证我们的胡会计炒你的鱿鱼'。"转而一想说也无用，反激怒怒，只好故作镇静地回道："既是贤妻承包，我也无需见怪了。"说罢便将脸贴近协议看下去，看完后，面对妻似笑非笑地说道，"只是这住房归孩子，孩子又由你抚养，这无异于住房全归你了。"

"这房子我不稀罕，你愿养孩子，我马上搬到酒楼去。"胡薇跷着二郎腿，从容不迫地说。

"不不不，我不是这个意思。"黄中发说后，觉得这话不该说，故而补充道，"我是说一家三口，各得其所，都分到了果实获得了解放。"

"那就签字吧，趁我还没改变主意。"

当胡薇成为黄中发性自由的羁绊后，婚姻在他心目中就是套在脖子上的一副枷锁，这个协议正中下怀的，是上面明示夫妻今后不得干涉对方的生活。这，在他看来就是对婚姻梏桎的粉碎。黄中发知道，妻是说变脸就变脸的，所以，妻的最后一句使他毫不犹豫地签了字，待妻一签字，他忙把自己的一份折放进裤兜里，大大地伸了个懒腰，之后才理直气壮地说："那你明天得来浴场首先把财会作个移交。"

胡薇清楚，这是他急需金钱支配，巴不得立即掌控财权，于是一边笑指协议一边脆生生地回道："可以，只账上的钱不多，你得按协议，另外去找个几万来把股份退给我。"

黄中发慌忙把揣裤兜里的协议拿出来一看，退股的文字被自己忽略了，这股份原不过是工商注册时，彼此随便议了数，不料妻现在却拿来变成了真金白银，这可是浴场一年的利润啊。此时，也怪自己只顾解放而大意了钱，想到谚语有道"尖子阴了，傻子干吵"，也就赔着笑脸说："这——贤妻的股份就缓到年底吧。"

"那，夫君的财务我还得劳神啰。"妻笑眯眯地回道。

"但，我的业务费，工资得增加，不加个码，我混不下去，浴场也顺畅不起来。"夫努着嘴说后，两眼直逼地盯着妻。

"加个码吧。"妻认为夫说对了一半，因此半闭着眼说道，"我也打听了一下，春药呀，性病治疗呀也在涨价。及时行乐需要好身手更需好身板哟。"

夫本想怒责道："在你眼里，企业家就是淫棍。"回头一想，既是同意加钱，数目未商定下来，还是不撕破脸好。于是赔着笑脸说，"贤妻多虑了，社会应酬往往就是烧钱。"

"烧吧，分了，你烧你自己的，我就犯不着痛心了。"

　　夫见妻脸上晴转阴，知道再说下去就意味着引发战争，为了钱，还得凑合凑合，坐下来忽觉疲困，打了一声哈欠，接着"唉"了一声就用手掌拍一下嘴，"坐了一天车，困死了，如没事，我得睡了？"他现在极不愿和这个好斗、喜欢挖苦话的婆娘同床共枕，尤其是这婆娘生孩子和他忤逆以来，她在他心目中，不过就是过熟不保鲜的红苹果——好看不好吃。为了明天的经费增加争取最大数，今天不得不讨欢这个怨妇，以往合欢都是她求他，他才充当一回及时雨。这时，胡薇看到他不再像以前那样露出和颜来挨，坐在沙发上抿了一口茶，放下二郎腿，冷眉冷眼地说："夫君还是回浴场去双飞吧，我这里已经不愁男人了。"

　　胡薇说后，嘴角略带着一丝微笑，报复的满足感使她格外开心。黄中发却将这看成是强颜欢笑的赌气话。因妻在单位和邻里的视线里，一直是行为端庄的工作狂，眼下这话，这笑，无非是做个样子给他看，他也就顺应地回道："呵，有外遇了？"

　　"怎么——你没感到头上多了顶帽儿？"胡薇拉长声调说完，一手撑在沙发上，一手紧捏茶杯把以防他发怒动手。她认为这是自己的男人应该在意的事。以前她一说"你找我也找"，他就怒不可遏，暴吼如雷，她只好以暴制暴。

　　"哟，没有哇。"他嬉皮笑脸地摸了摸自己的头，带着调皮的口气说，"你不指我的鼻子，我何苦指你的眼睛。"

　　夫表情从容，语气轻松，这让她明白：夫已不在意她了。因此，她重新跷起二郎腿，再也不是朝外高翘，内翘得脚尖朝下，这，只为不捏杯的手有个习惯搁放处，手在膝上，手指在她的注视下翻着各种式样的兰花指，心里只问自己："我怎么会遇到这个薄情儿郎呢?"

　　他见妻摆出一副不理睬的样子，也觉得没有必要再和这个怨妇废话，为了明天经费增加顺利，告辞时，拿出笑脸向她递了个飞吻。只是，他为牵制她，出门所想的，是如何给她添一点麻烦。

9

胡薇和黄中发签订"分居协议"的第二天，一上班即去了圆梦浴场。她想，黄中发再是放荡不羁，只要用钱来套住他，就可能为我所用。此外，昨晚还想好了一大堆毒辣的挖苦话来附在这个名誉丈夫的"加个码"上。

他俩的"加个码"谈判开始不久，太白酒店打来电话，说市卫局执法队的来店突击检查卫生，这对酒店来说可是很重要的事，弄不好就面临着停业整顿。因此，胡薇放下话筒即把这个坏消息告诉夫。妻的话未说完，夫扬起手来朝着办公桌就是一巴掌，随着"砰"的一声，十分气愤地对妻说："分明是前个星期天老沙打牌输了找我借，我也拿不出来，这才来找茬。"他拉着妻的手说，"走，我们得去打发走才是。"

路上，黄中发说："要向老沙挑明，现在已是夫妻分开经营，有什么茬，他老沙冲着我黄中发来。"

胡薇不知这是黄中发已设好的局，马上制止他这样做，她认定这个世界是男人的世界，许多关系得由男人去支撑才显得正派，于是与黄中发约定，他俩对外保持正常夫妻的整体形象，免得被外钻空子。这正是黄中发想达到的目的，可以说正中下怀，这不单是经费上加码顺利，更展示胡薇仍是大房。因此，二人到酒店后，夫应酬老沙们如过去一样得手，妻特别感动的是，她觉得夫比过去还卖力，更尽心，才很顺利地把老沙们打发走。

回到浴场，胡薇在办公室一坐下，就对夫说了一大堆感谢话。夫沏了一杯茶客气地递给妻后，不好意思地回道："嘿，你说啥呀，这不都是该我做的吗！"

"中发，你把你那婊子撂了，我俩和好如初好不好？"妻温柔地求道。

黄中发听到这话，先是一怔，联想往事，认定她是个冷血动物，展示的温暖不过是身边热情的一时借用，自个儿既是获得自由，就绝不能再上她那性专制的圈套。于是，苦眉愁脸地回道："薇呀，我也想和您回到当初呀，只我——回不去了。"他本想借口f妹已怀着他的孩子，又怕胡薇拿这来威胁自己，但见胡薇还在眼睁睁望着自己，便嬉笑起来说，"贤妻不也有外遇了吗？更不要说伟大的裴多菲还说'若为自由故'，两者——我俩何不都自由自在的生活呢，你不常说，就图个自在吗？"

他端起身边的茶杯喝了一大口，见她嘴角上挂着一丝冷笑，也赔笑着说，"贤妻有事用得着中发的，中发效犬马之力就是了。"

"唉——"胡薇叹息一声后长长地抽了一口冷气，回道，"倒也是，谁知我俩原是拴在一根绳上的蚱蜢呢。冤家套冤家，冤不冤，彼此的利益都得互相关顾。"

"否则，谁都活不下去。"夫接过妻的话来说后，彼此会心一笑。

近几月来，黄中发也在多方寻求解决"忤逆夫妻"的妙方，他从文摘杂志上看到一个叫哈夫洛克·霭理士的英国人说："婚姻带契约性质后，一桩忤逆婚姻里有许多疑难问题须克服，至今没有一种最佳解决办法。"因而很是丧气。眼下，觉得和妻这样相处，便认为找到了忤逆夫妻最好的相处方式。

在胡薇的心目中，黄中发现在虽说只是她生意上的朋友，较满意的是：这脏货虽然不愿金盆洗手，却愿为她的经营排忧解难。

把话题转到浴场的开支增加上。胡薇原以为他会狮子大开口，不料他所要增加的数，这时在她看来都是应该的。但是，他趁着她的好心情，以诉苦、商量的口气夺回了人事权，而且是用她的嘴调换两个部门经理。

事毕，夫留妻共进晚餐，妻谢绝了，说，已有两天没去保姆处看孩子了。看望孩子对她来说是顺路事，出浴场想到的是回家，回家便把自个儿泡在浴缸里。

胡薇躺在漂浮着玫瑰花的牛奶浴里，诊察、欣赏着自己的肌肤，尤其是肤色，美体的女友们都说她有影星舒淇的身高，更有舒淇的身段，她本人不单认同，更觉得自己肤色胜之。生孩子后，小腹、大腿原本细嫩的肤色没有了，好在白皙依然，拇指用力按后，红润即现。尤其令她满意的是，小腹在坐月子时得到最佳康复而没有留下妊娠纹，仍像过去那样平坦、光洁。她知道，女人的小腹是生孩子最易受损的部位，也是有性品味的男人最为关注的性感地带。天生丽质还需妙法保健，才可能获取体质美的宝贵资源。所以，泡牛奶浴对她说来，是美体的享受也是对美体的呵护。

胡薇的座右铭是"为美丽而活。"所以特别崇拜慈禧的掠美养身术及掠美心态，"一个女人没有足够的好心情来保养自己，美化自己，活着还有什么滋味呢？"她温习慈禧的这一教导来到衣帽间，脚踩浴巾，裸立在穿衣镜前扭来扭去地打量着镜中身段，看到依然挺拔的乳房没有下垂没有黑头，确认这才是乳沟问世的魅力所在。高挑，凹凸有致，臀部在蛇腰的尾端和从前一样的翘和圆，便是近年塑身保健有成的证明，接下来，她在诊察中制定了定点塑身计划，这就是防止狐睑变圆，腿还不够如笋。她离开穿衣镜时，告诫自己："保持服装模特的身段，保持葱白，拥有这两样就拥有美。"

接下来是晚餐，晚餐是酒店大厨做好送来的，两菜一汤，看似简单，但可口养人。例如眼前的这钵鸡汤，它加入了名贵中药，有滋阴、美白、活血等功效。味道也特别鲜美，当她揭开金边小瓷钵的盖，一股鲜美的味道扑鼻而来。随即，用汤匙在钵内轻轻地搅了两下，便一匙一匙地送到唇边，一匙一匙地抿进嘴里。她认为，这喝汤的优雅表现不仅是下颚微动腮不动，还在无声。过去，最讨厌的是夫喝汤"呼呼呼"的声音——俗。现在，这"呼呼"声是没有了，汤、菜、饭已都合口味，是品味更是享受，只心头老觉得——缺了什么，于是张望着左右问自己："缺什么呢？"

　　饭后，换上晚装，踱步在客厅里，围绕着"缺什么"审思起来。缺钱吗？钱，现在是不缺的，自社会流行"一切向钱看"以来，她也认定这世界就是金钱世界，抱着"人为财死"的致富观，做梦都想着成为现实富婆。她粗算了一下，圆梦浴场的股份到手，资产在十万以上。可当前的社会致富口号是：万元户不算富，十万元才起步。因此，还得向金钱拼命地奔才是。如果同常侧窝在郎西，自己也不过就是待客只有白开水的穷职员。

　　接下来她想到用人，于是踱步到阳台上，冷眉冷眼地向炎热的空间扫了两眼，直立阳台，左手抚着右肘，右手托着下巴审察起自己的用人来，这时，她所考虑的是如何用好夫与情人这两个角色，如何用好这两个最为亲近者呢？她听讲坛上的教授讲述慈禧太后，认为慈禧用人的特质是奴性加器化——越是亲近者越不例外。夫妻关系破裂，使她看到在治人上，奴性加器化至关重要。

　　就说黄中发吧，自己同他一道进城，穷职员摇身变富婆，不就是身边有黄中发这台致富的机器吗！如今这东西"脏了"，变质变形了，做抹桌布还是完全顶用的，"作为抹桌帕，有必要要求它十分干净吗？"她想到这里，笑了，她笑自己过去把常侧视为终身可人，继而又把黄中发看作白头偕老的人，都是自己犯了少女痴情症。事实证明，器化这两个家伙，正是自己的明智选择。还记得，是常侧对她说，"把人视为器，是孔子的发明。"无怪，承传至今，杰出者自诩"特殊钢材"，平庸者说"我是一颗小小的镙丝钉"。

　　她想到常侧，就有一种冲动，要在过去，她视为感情冲动，现在，她诊断为雌激素冲动。作为老板，她认为最糟糕的莫过于感情用事，因此，她要在心里忌用"感情"二字，至于人性化或人情化，只能挂在嘴皮上。

　　这一路捋下来，又认为自己并不缺什么。因而带着圆满的心情回到客厅，揣起茶来抿了一口，又去衣帽间的穿衣镜前，摆弄了几个性感姿势后，又相思起常侧来，觉得这个可爱的家伙不仅提供纯度百分百的雄激素，他仍在犯少男痴情症，"嘻，快三十的大男人，还十八少男痴，你说可爱不?"

　　想到这里，雌激素在大脑、在三角区阵阵潮起，大有"潮来真见海横流"之势，觉得有必要把他召来"弄潮"，于是两大步走近电话机，可一拿起话筒，才想起这个"弄潮儿"的宿舍没电话，亦想调黄中发来代之，但想到性病传染，"潮"陡然不见，心头一阵空痛。

　　无奈之下，她打开电视，一边看电视，一边在想，如何调常侧到市里来随身。

10

"常老师，常老师，接电话，太白大酒楼来的。"刚接电话的老师冲出办公室对着单身宿舍高喊道。

在市场化前，郎西人家和大多数乡镇人家一样无私家电话，私人长途通话，大都是用在职单位的电话。常侧一听到喊他即往办公室，路上还在自问："太白大酒楼来的，谁请吃？"当他拿起话筒一通话，一听是胡薇，顿时惊慌地环顾身边，见不远处就有同仁，只好将嘴皮贴着话筒的同时还用左手掌蒙在左嘴角小声问道："啥事？"

"你速到我这里来一趟，我有要事和你商量。"

"我在上课，现在不能脱身。"他不单神色惊慌，说话小声，心头还在"扑扑扑"地跳。

"那就算了。"话筒里随之传来"啪"的一声。

他听出她不高兴了，但自己能这样了之，就备感侥幸了。搁下话筒，高兴中不由自主地跺了一下脚，她说的要事，他认为就是通奸，觉得这等见不得人的犯法事不能再干了，至于深夜酒后说睡她的话，实为酒话。可他刚一迈步，电话又响起，他拿起话筒一听又是胡薇，更惊慌地环顾身边了一眼，才小声问道："还有啥事？"

"你明天不能请个假吗？"

"明天也不行，下午有课。"

"那你今天下班后搭末班车来，明早上回去。" 话筒里随之又传来"啪"的一声。

"挂了。"他带着一脸的惊愕说后，愣了一下，问自己："咳，怎的就挂了呢？"

郎西镇虽属河西县管，但从郎西乘班车去前白城头，也就不过一小时行程，好在今下午无课，犯不着搭末班车，于是回宿舍换衣进城。老相好召唤，不去，实在是情面上说不过去。他回宿舍喝了两口酒，目的在壮胆。他常说，富人是拿钱来壮胆，穷人可拿酒来壮胆。真的，酒一下肚，他非但不怕再去偷，反而鼓动自己应该用行动来侮辱黄中发这厮。此时还拿自己这感受去推论沙门戒酒，准是防犯和尚的雄激素冲动，故而换衣后拿起巴掌镜照自己，面对自己的小脸，还愤愤不平地说："我又不是和尚，干吗怕冲动？"

常侧提前到达，胡薇刚才的烦躁和焦急都一并消失，心花在喜出望外中怒放，脸上绽放出灿烂的笑颜，他在办公室的外间一坐下，见她顾着关门，马上制止道："不要关门，关起门我就怕，我们又没做什么见不得人的事。"

她本已手把门扇，在过去，她将按己意行事，可眼下，她听他这一说，不但依了相好，还笑盈盈地来到他面前，挑逗地反问道："你到了我这里，还怕啥？"

他探头窥了门外一眼，见无人，白了她一眼，气鼓鼓地说："你现在可是有夫之妻呀，我俩如再——可是犯法的哟，还有那厮捉奸的话，就不是开玩——"

她没等他把"笑了"二字说出，扬起头来"扑哧"一声大笑后，有意放声地说道："嗬，原来是有夫之妻就不能再啦！"

二人随便就餐后，她带着他回家。一进门就和他狂吻起来。她原想是二人都冲个凉，把分居之事说后再亲热，可一关门，欲火爆发，也就顾不得汗不汗了，令她想不到的，是和他搅舌搅得浑身发狂时，他却扭头问道："那厮呢？真的不会回来吗？"

要在过去，这个冷场面的家伙肯定会被胡薇一转身就推滚出门，可眼下她欲火焚身，这是唯一可灭火的人，还是专程来，更何况自己先没挑明，这家伙疑神疑鬼实在情有可原，故而撒开手由他在屋里东张西望一番后，才不耐烦地将分居协议拿出来递他："在这，你自己去看。"

他把协议接过手扫视了一遍，哭兮兮地问："你这是为什么呀，一个好端端的家庭这不就……嗯，为什么呀？"

她坐在沙发上，摆开双腿，原以为他看后会欢呼分得好，没想他竟比当事人看重家庭，不得不由衷感叹，但她马上告诫自己，不能感情用事，于是扭起头来，故作生气地回道："为什么呀，我就为了和你重圆旧梦。"

他就地"扑通"一声向她跪下，接着跪起爬了好几步，爬到她的面前，确切说是两腿间，哭诉道："你都殉情了，就是死，我也要陪你去死。"不单是哭诉，双手掰着她的两腿，头在她的小腹上撞了两下便撞向她的三角区……

晨里，她在化妆镜前大吃一惊：她清楚记得，昨天早上化妆时，脸上浮着一层愁颜虽施粉遮盖，无奈倦意留眼圈，郁闷留在眼里。时下，她看到自己的脸上白里透红，洋溢着青春的芳颜，水灵灵的两眼充满和悦的神色，觉得施粉反不如素面美。由衷自问："难道这就是中医保健强调的阴阳调和?"

二人在从未有过的恬适中用过早餐后，他即向她告辞，她吃惊地回道："要走呀，我们的正事都还没谈呢。"

"还有什么正事?"他同样吃惊地问后，心想，"床笫之欢不就是正事吗。"

"我要把你调到市里来。"

"我一个民办教师，能调到哪儿?"

"我想叫你改行，到我这里来负责广告宣传和员工素质培训。"她接着认真地说，"按部门经理的月薪，是你目前工资的两倍多。加奖金则是你现在的三四倍了。"

"你要我改行?"他更加惊诧地问。

"嗳。"她笑眯眯地回道。

他和她本来挨坐在沙发上，听到她这一声"嗳"，起身坐到她侧面，认真回道："我就爱教书这个行道，我常想：管他民办不民办，不误人子弟就无愧无憾，其他行业，钱再多我也不想。"他见她开口要说话，起身并用手势制止，同时先声夺人地说，"你不要说了，我不会改行，我只干我爱的行道。"

"好好好，不改就不改。"她起身把他的茶杯笑递到他手上。

他接过茶杯抿了一口，哀求道："生活上我们一个鼻子孔出气，事业上我们互不侵犯好不好？"

"我就想在这事上帮你一把，我欠你的。"

"哎呀，你这话像啥，爱情又不是商务，无需报不报，只求缘分与真心同在。"他是这样说也是这样想的，所以觉得心头平添爱的回报。

她眼下就想帮他做点什么，于是闲聊几句后，说："你既不愿改行，哪——这样吧，你今年的'民转公'考试，数学科我来帮你过关。"

"你帮，女扮男装当枪手？"

"当啥枪手，把试题买出来不就成了吗？"

"领情了。"他抱拳作谢后，冷笑起来说，"你就不要拿你的钱来羞辱我的人格了。"

"咋了，咋这样不受抬举嘞。"这话到嘴边终于又吞回肚里，她怕屋里的甜蜜气氛受损，于是只好无奈地笑起来摆了摆头。

"我要是想作弊，我还是'民办'吗？我常对学生说：'考试，考应试者的智慧还考应试者的品质。'"他虽看到她一脸生气，但他感到她那温柔的目光饱含真诚帮他的爱意，于是和气地说，"有感于你的真爱，我今年，就从现在起，要以行动来珍惜你这份深情厚谊，以爱赴考，不负君心。"他还想说，"今年若再考不起，我确实是个不值你爱的窝囊废。"但一想到赴考结果是鬼神莫测的事，到时要是又考不起，他就担忧自己的魂丢不起这个曾经令他失魂落魄的大美人。话所以戛然而止。

胡薇见他说后起身，边迈步边指着腕上的表告辞，况且话挑明情已表，她随步送他到了门口。常侧手搭在门锁上准备开门时，对她说："这段时间我得抓紧复习，少来，你就不要生我的气了。"

她那明媚的两眼含情脉脉地注视着他频频点头，感情用事的戒律，全然忘去。

11

再过一天，就是"民转公"的教师考试。常侧一想到考试就失眠，为了试前睡好，他不得不回家弄两斤小酌酒来安眠。一醉"呼呼"大睡，常侧视为神仙中人催眠术。

他所饮的小酌酒，皆自家私酿酒，俗称"包谷烧"。皆缘上寨人家都嗜好这一口，各家都有酿造能手，虽为自饮，为偷税躲税多在夜间偷酿，所以，常侧将一甄酿毕，已是子夜，边酿边饮，至毕虽是半醉，可是毫无睡意。

他提着半葫芦酒走出屋，一见月光如泻，更见明月如盘悬高天，稀星闪烁在天边，村寨，田野，环山，阡陌……皆沉睡在夜阑，一任清辉洒照在其间。蛐蛐们或在墙脚"叽叽"，或在草丛对歌，更是平添静寂。清风入怀，备感舒坦，心气飘然下，令他情不自禁地赞叹起来："好一个阴晴之夜，好一个清凉可人天呐，何不去河边再寻些诗句回来备用。"

他这时的"寻诗备用"，正是以备考场之用。皆因新时期文学之初，前白出了个全国著名诗人，这个"全国著名诗人"虽说没一句诗流行全国，但前白诗人从此一茬又一茬，有道"华夏诗乡"。既为诗乡，考场也就不能无诗，考生在考试前挖空心思寻找诗句也就成了家常便饭。

小河距常侧家不过百来米，他一路上不是偶饮一口就是哼哼唱唱。到了河边的一棵驼背楸树下，一想起和胡薇在此亲热的情景，寻诗的事可就全忘了，进而想到爱人失而复得，不禁放声叹道："唉，世事无常啊！噫，无常啊，咳，何以无常啊？"

"嗬，原是兄弟念谈我呀。"

常侧一听，大吃一惊，带着醉意自忖："谁在尖溜溜的发声？"瞅眼还未来得及四顾，一个面目清瘦的老头儿却笑立在身旁，常侧惊诧之下打量了老头儿两眼，确认不是本村人后，摇晃着身子问，"你是谁？竟来败——来败我的诗兴。"

"嗯，兄弟刚才不是在连声叫我无常吗，何以明知故问嘞？"

"你——"常侧再说不出声，是自己的胆子没了，顺手喝了一大口，胆子却又有了，似比先前还要大得多，于是仗着胆子问道，"你说你是无常，勾摄鬼魂的？"

"正是，正是。"

"呵，你——真的是阴阳接引使者——无常？"

"正是，正是，正是也。"老头有些不耐烦了。

"不像，不像，莫哄我。"常侧扬起头来喝了一口，胆量再增，于是手指老头，摆着头说："我在香港片中见过白无常，人家那可是身穿白袍，头戴白冠，口含玄符，你可乌衣着身还蓄个山羊胡子。"

"兄弟，那是港人善于假作真，喜欢搞冒牌，我这个真身反倒成假的了。你那'民转公'的考试结果每次出来，你也不是在说'假作真时真亦假'吗？再说，兄弟以衣冠取人，谬矣。"

常侧听后，不再畏惧，有感亲切，但觉得人鬼有别，因之回道："就说你是无常，我一个中学教师，岂能和你这个阴间鬼称兄道弟。"

"哎，兄弟，话不能这样说，莫说一个布衣，自古以来，官和我们鬼都是称兄道弟，而且穿连裆裤的时候也多有史载焉。说官阶，论身份，我阴阳接引使在阴朝可是正司级，你民办教书匠，一般干部都不是也。"无常见常侧羞得无话可说，和气说道，"我这阴间的无常，换在阳间就姓常，所以，我们可是家门弟兄也。"

无常这般道来，常侧也就拱手相认，哥俩在驼背楸下盘腿对坐，常侧双手捧葫芦敬酒，无常接过葫芦"咕嘟，咕嘟"就是两大口，之后连声赞道："好酒，好酒哇！"

"浊酒，好啥好。"常侧瞟着醉眼笑回道。

"醇呀，兄弟，你这酒醇和不杂，没加香精，咋说不是好酒呢。你看那生活里神仙中人，哪一个不是心地纯洁者？"无常见常侧笑而不语，只好拿常侧的关心话题来作下酒菜，"兄弟是来寻诗备考吧。"

"是呀，你——"

"兄弟，这诗句就不要寻了。"无常见常侧发呆般望着自己，释道，"你东土人的新诗，不是无病呻吟就是用些屁话来编成梦呓耳。讲格律的，早被唐宋人网去，今人是寻得几句，但不是你们前白的，例如，你们的文联主席咏蝉，说什么'但得金风助,再把声远传',不就是'居高声自远,非是藉秋风'的降格版吗?境界都没落了,不蹩就瘪?还好意思自诩全国著名哩。"

"我可是应试,蹩也好,瘪也罢,横顺都得依试题才是。"

"兄弟,今年的文科试题可能是自由命题,再说,你兄弟也不宜做诗人。"

"你凭什么说我不宜做诗人,我的诗名虽不如文联主席,也是境内小有名气的诗人。"

"你爱拿诗发牢骚,这爱发牢骚的人,就不宜做诗人。诗人拿诗发牢骚,肠子是要被勒断的。上古,牢骚导师屈原,肠断跳水死;古代,牢骚达人苏东坡,肠断乌台;近代,牢骚盛士柳亚子,防肠断也不就成了被封杀的断肠人吗?"

"哪,我手痒得要命时,不写点什么就闷得要命,烦死了。"

"兄弟,写寓言,这东西好写,和飞禽走兽谈心呀,对歌呀,交尾呀,打架呀,手痒时,只管编一些来挠个痒,哄哄自己,就行了吗?"

"这怎么行,哄,我的良知到哪里去了,被拿去喂狗了吗?"常侧把葫芦撂给无常,站起来说,"不,我得依着人间是非,依着'止于至善'去写。"

"兄弟,谬矣,你们常说'哄鬼',其实就是哄自己。方今东土,一个个都拼起老命整钱,这拼命于利益争夺,哪里还有啥子是非可讲?我所以劝你就不要去闹啥子'止于至善'了。如尚是非,如尚良知,你们东土的贪腐就不致日盛一日了。"

"我哪能听你这些鬼话"常侧心头这样想,嘴上却说,

"只因我赶考不是哄自己呀，老哥。"

"你写飞禽走兽时，依着它们的心，摸着它们的性，尤其要依着它们的地位、身价等，就可哄考官了。"

"动物世界也讲身份地位？"

"讲！咋个不讲。如若不讲，老虎咋称王，狐狸咋又借虎威来增身价？"

无常这样一说，使常侧想起《鬼谷子》有曰："故观蜎飞蠕动，无不有利害，可以生事。"于是回道，"老哥，就依了你，我赴考恐怕还是难中，你不知我人笨，数学太差。"

"嗳唷，兄弟，你才不笨呢，少算计耳。你赶考别太在意，'X＋Y'等什么的，我看你勉强可及格了。"无常接下来更是前言敷后语，"只是作文，当然，大家都知作文贵奇思，重风骨，一任自然毋刻意即成佳构，但说来容易做起难啰。尤其是你笔有点毛病的人。也罢，喝你的酒，等会儿我帮你修理修理。"

常侧一听，才想起自己的钢笔用起来确实是墨水不畅，好在这笔现别就在上衣兜，欲抽笔给无常修理，可这时无常把葫芦捏在手上嬉笑着支吾道："兄弟，嘿嘿，只你这酒，嘿嘿，今后你我弟兄对饮之外，嘿嘿。"

"哦，我晓得啰。"常侧马上意识到无常想要什么，心想："原来是套酒喝。"

常侧这想法虽没说，无常却回道："兄弟，你不要以为我是套你的酒啊，宋定伯卖鬼足见我们鬼没得你们人的鬼心眼多哦。我和你的同行蒲松龄谈起这方面，他也认为我们鬼比人耿直得多。"

常侧见无常已把话说穿，便慷慨回道："老哥多意了，弟今后来这里，必带酒来，就怕老哥不来。"

"我若未到，定是差事缠身，那，你把这酒跟我倒在这石臼窝里，土地菩萨收了会如数转交我的。"

常侧顺着无常所指一看，树脚一顽石上确有一个石水窝，于是满口应允下来，这时，只见无常将常侧的钢笔抽出来打开，用有似激光的法眼看后，说道："兄弟，你这笔尖生了锈，阻碍了文思，锈斑清除了，再给你镀个金，只要勤读圣贤，依着心性，保你墨耕丰茂。"说罢，对着笔尖"扑"的一口气——有道是"吹口仙气"。接着，无常把笔交到常侧手上，附耳交代几句，待常侧嗯声一点头，无常一晃身就无影无踪。

"老哥，我拿啥谢你呀?"常侧在东张西望中问。

"兄弟，我们阴曹地府的寒气重，你跟我常备些酒，以便驱寒就是了。"无常已是有音无影。

"喂，老哥，你在哪里呀!"

常侧在惊喊中惊醒了自己，睁眼一看，天边已是"鱼肚白"，而自己却卧睡在驼背楸下，酒葫芦倒放在身边，钢笔捏在手中，惊问自己："我的笔是别在兜上的，怎的握在手上?"进而是梦见无常的情景，对话——在脑海再现。

他别好笔，起身看了看无常所指的石臼窝，再捡起空葫芦离开驼背楸时对着石臼窝说："送人须好物，日后送些'腰塘酒'来就是了。"

12

过去，常侧一进考场就在自己的座位上缩成一团，不管是看人还是看物，都是趴在桌子上将脖子伸长后，像乌龟探头那样扭起脖子带着一对畏劫的眼神看对方。心情也十分不安，没发试卷前巴不得试卷立即到手，在焦急不已的等待中，不时跺脚，叹中带怨，试卷到手，瞭一眼就做起来，原以为一挥而就，不料中途老是停笔，偶尔还嘴含笔杆——寻谱没谱。

这次，他从容不迫地进考场，在自己的号位上就坐后，端坐桌前，眼半闭，神色和穆，不烦不躁，是静养更是安心等待发卷，试卷到手，一见是自由命题，暗喜之下，只在心里对自己说："无常还猜得真准。"因此也就把无常的话视为作文指南，接下来不慌不忙地定题，构思及写。写好后，他也不再像前几次那样慌着交头卷，而是斟酌字句，细心润色。例如，拟题叫《旧语新说》，考虑再三，基于文贵出奇，最后定为《吃呀吃》。

半月后，考试结果令常侧惊喜不已，"民转公"的考试过关，不仅是工资增加一倍，还有社会地位的提高：雇员转为干部，也就是平民提升为准官。格外的惊喜，是他这篇《吃呀吃》得分99，要不是考官抱"文无第一"的成见，当是百分百。

这篇寓言让他身价倍增的是，适逢"前白散文奖"评选，他深知作协机制下的文学评论不存在真正意义的文艺批评，作者扬名一靠评奖，二靠媒体"炒"作。虽然这两者都要"红包"，但赚得回来。因此参评，他的《吃呀吃》获得一等奖，本人在县内立即有了"河西高才"的美名。业内的语文教研哟，县文联交流哟，文友茶坊座谈哟，一时间令这位突然得来的"河西高才"忙得个不亦乐乎。他过去常说虚名没意思，还说名这个玩意儿不过是过眼云烟，但是，自家这时获得，乐在心头喜于颜，自以为从此河西流芳。

这使他切身感受到没摘着葡萄的时候，那葡萄是酸的，一旦摘得，又确确实实是甜的。

在改革开放前，这叫蜕化变质，忘本，如今叫与时俱进，与忘本实在无关，得知榜上有名的消息，他首先想到无常的启迪，可见他没忘本？与此同时，想在第一时间打电话给胡薇，能说他蜕化变质？

他在第一时间给胡薇打电话没打成，是他拿起话筒才想到阳间的鬼可以哄一哄，阴间的鬼可是一点都哄不得的，故而才把话筒放下，决定还是先谢了无常再和胡薇通话。可是，午觉梦着和胡薇做爱，梦惊后雄激素还在一点一点地冲动，迫于生理减压，他不得不和相好通个话。

"嗬，考试过关了，好哇，太好了。"听得出相好发自内心地为他高兴。

"'民转公'的名单上午都公布，接着就是填表的事。"

"那你马上过来，我们隆重庆贺一下。"

"今晚还有个与转公相关的会议，我只有明天去你那里。"

"好吧，那早点过来。"

他听得出相好是多么地爱他想他，他随着她的尾音对话筒吻了一下才放下，然后，昂首挺胸地走出办公室。过去，他在学校里老是埋着头走路，学校上午将"民转公"的名单公布后，常侧走起路来不挺起腰杆还不舒服，脚下也轻松十分，好像鞋底安装了轮子似的。

说学校有会议是哄相好的，要与无常相会才是真的。常侧到家后先把考试的作文一字不漏地背写出来，待到夜阑人静，带着作文和酒食去了驼背楸。到后，他对石臼窝敲了三下，背靠楸树一坐，便昏昏睡去。

梦里，又是秋月当空，他一摆好酒菜，无常便乐呵呵地出现在他面前，二人在酒食面前对坐后，常侧首先端着酒碗说道："弟唯有薄酒一杯以谢老哥，请。"

"兄弟太客气了。"无常端起酒碗一干而尽。

"幸兄指点迷津，得以扶正，虽说这有似妾成为妻，干的活依旧，但从此就没人敢白眼了。"

"那，我就借花献佛，"无常端起酒碗，嬉笑着说，"恭贺兄弟成正室了。"

二人于是畅饮起来，酒过数巡，常侧把作文拿出来说，"记得老哥昨夜托梦，说要看我的应试文。"递给无常时还说，"还望老哥拿回去逐一点评，不吝赐教。"

无常接过手就看起来，常侧本想说："月下不能细书。"但一想到无常有通天法眼，也就由他看去。

吃呀吃

秋了，凉风送爽时，丽日高照下，正是蝉们来空谷开演唱会的最佳时节。

今天，世界著名的女高音蝉娜来空谷开个人演唱会，空谷充满清音，正是蝉娜为清平世界讴歌、祈福，更在为丰收划上喜悦的句号。蝉娜不啻获得满堂喝彩，还赢得虞世南、骆宾王等等著名诗人献诗礼赞。蝉娜看到演唱会圆满成功，喜悦在群蜂的包围之中，这些围着蝉娜飞舞的群蜂都是她的追星族。蝉娜感谢它们的追捧，得和它们没完没了地握手哟，签名哟。

突然，群蜂四散，蝉娜的外衣也被什么扯着，使她动弹不得，她扭头一看，原是天敌螳螂，也就不再挣扎了。蝉娜清楚，螳螂从不仰慕她这副世界女高音的歌喉，也不拜倒她雍容华贵的风韵，这位武夫涎涎的，正是她的丰腴体态。蝉娜知道小命难逃，但是认定："我作为传唱玉宇古风的歌手，要死，得尊严地死。"于是，平静地对螳螂说，"请吧，将军，谢谢你来替我收尸。"

螳螂因勇于当车，曾敕封为准将。螳螂压根不在乎蝉娜对他的尊称，只觉得这个该死的东西在耍嘴皮子，于是得意地回道："女士，我这是吃大富不是收尸，你临死还巧舌如簧，难怪庄子说你'方得美荫而忘其身'。"

螳螂美餐后，抹去嘴边的血腻，正要站起来抚拂一下肚子，不料自个却落入黄雀的口里，螳螂在挣扎中高声问道："你是谁，竟敢在本将军头上动土？"当螳螂将军感到腰间有断裂之痛时，哀求道，"壮士，我把蝉娜吐出来全给你还不行吗？"

黄雀不哼声，嘴上只管用力，直到螳螂断气。当她的两个孩子来争食时，她厉声令道："回窝去吃！"

黄雀一家饱餐后，大儿子问道："妈妈，人家螳将军问你，你为何不回答呢？"

"孩子，这是他设的套，我如松口顾着说话，就正好给了他逃生的良机。"

"那，为什么非要拿回家来吃呢？"小女儿问。

"孩子，争取、分享战利品时，一定要在脑后长个眼睛，也就是多个心眼，不然，就跟螳将军的下场一样。"

小女儿不信，说"怎么会呢？蝉娜的歌里不是有'我们的世界真太平'的唱词吗？"

母亲拉着两个孩子告诫道："你们跟我永远记住，在我们的周围，敌视我们的，不只是弹弓，还有这样那样的无形网。"

无常读后，喝了一口酒，咽下肥肉，用袖口抹去嘴上的油腻说道："兄弟，你们文人呈文，嘴里要评点人'不吝赐教'，心里可想的要人恭维一番。我恐怕就——"

"唔——"常侧咀嚼的肉吞下后说，"老哥不妨直言。"

"文章甚好，只是讲螳螂差点儿，我过去就对螳螂说过：'你无功受禄，摆将军架子，老把手伸得长长的。啥将军，缺'五德'乃寻'五危'矣。"无常见常侧有些心不在焉，心中一默，即知这位兄弟心里在念着相好，盘算婚姻。无常觉得这正是兄弟生理康健故，不然，酒就难以关联到色。对此，他只想告诉常侧，"算路难侬算路来。"但，一怕自己酒后失算，二怕伤了兄弟的心，更怕败了酒兴。老鬼基于这三怕，只好依着文章说恭维话。直到告辞时，无常用袖口抹了抹嘴，才说，"兄弟，难道你真的没察觉这篇文章少了点仁爱吗？虽说时下流行通吃，然上苍有好生之德，秋之所煞为春生，焉有为灭而灭？"

常侧瞅着无常的背影问自己："他究竟是接引使还是文曲星？"

13

胡薇为常侧设的庆功宴只有他俩，而且就在家中，但酒和菜都是上档次的。茅台酒的品位，论说是没讲的，但喝惯了包谷烧的常侧，第一次喝这味，就喝不出这酱味也叫香，只觉得这味怪怪的。当相好告诉他，这瓶茅台值好几百斤包谷烧时，他才感觉到："难怪这味道带奇香。"

有些菜是第一次吃，还得跟胡薇学着吃。例如吃螃蟹，吃的一招一式得照着相好的做，去腿，揭盖，开膛，最后却是用牙签挑吃那点点黄，费了半天劲吃完对相好说："吃这东西，麻烦一场吃不到嘴。我看也不过是吃个名。"

"这哪是吃个名，大补，壮阳的。你要多吃点。"她亲昵地说后，又夹一只大的放到他面前的空盘里。

一听相好如是说，顿时感受到什么叫体贴入微：壮阳的当然要多吃，想想也是，螃蟹若不是阳刚盛极，横行得起来吗？常侧不想横行，但眼下需要壮阳，才有床上功夫了得。所以，吃了相好夹给他的一只后，又不嫌麻烦地吃了好几只。相好看在眼里，喜在心头。

不只是吃螃蟹，酒也是一口一杯，这是在郎西吃惯了土碗盛酒，学相好抿着吃，弄得喉管发痒都不说，豪爽气也没了。在往昔，胡薇要是见到谁这样喝茅台酒，必视为粗鲁的吃货，而眼下，想到相好多杯后床上更来劲，也认为这般饮酒才是男人气概。

常侧痛饮十来杯后，觉得是自己显露文才的时候了，于是把折揣在衣兜里的《吃呀吃》掏出来，展开后用双手呈给相好说："这就是我的夺冠作品，特为你抄了一份。想当年，你我因爱好文学才相恋。"

胡薇接过手来，瞭了一眼便顺手放在一边，笑起来说道："都转公了，还留着。"

常侧以为她还像当年那样好文，才奉上得意之作来为爱加油，他没想到她如此扫兴，不，这不单扫兴，明显对文章也了无兴趣。他将《吃呀吃》捡起来放回自己的衣兜后，也只能说："咳，你还不要不识货，这是《石滩》杂志的主编点名要登的文章。"

《石滩》杂志是河西县文联主办的刊物，虽是内部发行品，胡薇知道，上这刊物的，即被视为河西的秀才举子。看到他脸上还带着怨气，更想到他视自己的文章为生命，意识到自己刚才不够意思，本想说一声"对不起"，但自己是老板，是一把手，得学政府的一把手，不能说认错的话。于是也略带一点点生气的样子回道："我要不识货，你常贼就休想上我的床。"

常侧已回到原坐，也就是坐在了她旁边，听她这一说，雄激素暗下涌动，于是把座椅拉去挨着她，笑起来拉着她的手说："嘿嘿，你打我，各自打。"

他这拉，她还真想给他一记耳光，谁知手还没到脸上，雌激素潮一般涌起，耳光变成抚摸，摩脸伴随狂吻，狂吻更促离桌……

以后几日，常侧都窝在相好的家里，不分昼夜的床笫合欢之余，他向她提出了结婚的要求。她应了，不单表示要尽快离婚，还说了些离婚的打算。就在常侧回郎西的当晚，她感到独守空房的寂寞。于是开始拟定尽快离婚的行动计划，尽快离婚无论如何都得丢掉自己的股份。离婚的代价是破财，对"宁为财死"者说来，无异于要命，但是，独守空房也不是个滋味。

常侧这次从城头回到郎西，心头虽然一直是乐滋滋的，但四肢无力，老打瞌睡，上课也只能勉强为之。此时，他才由衷佩服历代皇帝："每夜陪不同的美女睡，不觉得伤，不觉得累，还要带头赶早理朝政，真不愧是天的儿子。"由于比不过皇上，到了星期六就想在学校的宿舍里睡个一天两夜，无奈酒没了，得回上寨老家去弄几斤。过去，酒对他不过就是一个瘾，现在，他看到酒才是激活雄激素的法器，也才明白古人为什么把酒色扯在一起。

回家路过驼背楸，时值夕阳西下，天光倒开，一见溪水粼粼，有感是胡薇递秋波暗传情，也就身不由己地坐在树脚望着粼波想着和相好如醉如仙的情景，想着想着，背靠楸树就打起瞌睡来。

一瞌睡，就入梦，梦乡却是一个星光灿烂的夏夜，他为寻诗句来河边，幽人独徘徊，虫子们在身边鸣唱，萤火虫在不远处飞舞。意想不到的是，无常右手打着灯笼，左手拎着一瓶酒出现在他面前。寒暄中，无常把灯笼往楸树上一挂，树下幽明加清凉，二人石前盘腿对坐，两个酒杯便出现在各人的面前，酒过三巡，常侧开颜说道："老哥，我已快有家室，只差婚期没有定了。"

无常右手端杯，左手掐指一算，回道："兄弟，你这命中带个姘字，婚期恐怕一时半会儿定不下来。"

"命中带有拼字？"常侧探头惊问，"黄中发那厮还要和我拼？"

无常一听，知道常侧把自己说的意思曲解了，认真纠正道："兄弟，我说的'姘'字是女从并，《仓颉篇》有云'男女私合曰姘'，用你们现时的话来说，也就是酒色男女凑在一屋，混也。"无常见常侧脸色由惊恐转换成嬉笑，也嬉笑起来补充道，"兄弟命交上好的桃花运，可是过快活日子呀。"

常侧想到相好在床上把离婚和再婚说得信誓旦旦的，于是倒笑不笑地道："嗬，老哥说的是这个哟。"说毕举起酒杯"咕"的一声干杯后，端着空杯子大笑起来说道，"老哥这回恐怕要失算了，我那相好，嘻，一谈起结婚，那样子，那饿狼相，嘻，比我还着急。"

无常本想说："这是那婆娘一时冲动的话，不可当真。"但见常侧一副得意忘形的样子，想到跪倒在石榴裙下的男人不单听不进逆耳话，说逆耳话还可能伤和气遭猜疑，也就改口道，"好在兄弟好色不忘德根，倒也无大灾也。"

常侧不想和他谈色与德的事，转个话题说："老哥既然擅长卜算，何不为兄弟的官运掐一掐。"

"官运？"无常惊愕地问，"兄弟也想当官？"

"嗨，老哥咋忘了'学而优则仕'呢？"常侧握着满满的一杯酒说，"我们中国的读书人不想当官的，你这阴阳接引使在这两千年来遇见几个？"

这话倒还真把无常问哑了，无常默了一下，觉得十万分之一还不到，也就只好对着常侧点个头又连连摆起头来。

常侧饮一杯，又斟一杯握在手里说："不要说我这文科拔尖人物，就是那些学理工的，也都削尖脑壳往官道上钻。"

就在常侧连续自饮自斟之际，无常暗借法眼透视他的心子，看到他的心子上黑斑点点聚成一个"贪"字，顿时皱眉自问："这人原无这些黑斑，我才交之，咋一转公干就生出这些黑斑来呢？"一算常侧命理又不带官运，转而想到以后交往，也就用大拇指掐着无名指干笑起来发声，"嘿嘿，兄弟，你这官运……嘿嘿。"

"老哥，我就不妨跟你直说吧。"常侧端着空杯复喝无酒，口水却从嘴角流出，一边用另手去拂嘴角上的垂涎，一边说，"校长把文科教研组长提为教导主任，教研组长的缺就空着,这位置在原先是无论如何也轮不到我的，现在而今眼目下，拼硬本领，非我莫属，只因跑官买官成风气，校长来了个三选一。"

无常听后暗自好笑："这算什么官？"但转念一想，"这东土人先天一副官瘾，小学一年级的班长副班长甚至班委什么

的，都叫学生干部，也就无怪成人们凡'长'就拼命地争
了。"于是煞有介事地问："兄弟也要去跑去买？"

"这跑和买，我原本是不想的，只爱人一听得了这个位
置，还可买教导主任，副校长甚至校长局长，就要我非把这
个位置弄到手不可，意在这才般配。我前回就是地位差一
截，才被黄中发那厮端的飞碗。"

无常本要劝他："守住德根一身清，不争终胜争。"一听
常侧的般配说，马上推口说，"兄弟，我这卜算虽是跟姜太
公学的，太公怕我端他的饭碗，始终没把真传给我。所以，
我这点法术，哄鬼可以，测人事就不太灵验了。"

二人接下来就只管喝酒和说酒话，酒一完，无常佯装大
醉，横着步子，沿河逆流而去，留下一串尖溜溜的鬼歌——

都说两袖清风好，
名利有了总嫌少。
依尔乐啊依尔乐，
欲壑难填费尽心，
贪字到头原是贫。

14

胡薇在离婚一事上，就财产分割虽和甄姐商讨出十分稳妥的对策，但一着手离婚，突然觉得不对："离婚既是早迟的事，为什么要破财呢，和常侧说过'要尽快离'的话，可'尽快'二字是个不确定的词。"继而认为不仅是自己需要相好的雄激素，相好也需要她的雌激素。"姘有什么不好，现在是开放社会，如今的半上流社会男女差不多都姘着呢。因此犯不着破财离婚。"

尽管不急于离婚，退股金的事对他也是要命的事。她没想到黄中发掌控人事权后，另设财务中饱私囊，以挤牙膏的方式来支付她的股金。她还不想闹僵，因年前扩大经营承包了百货站，黄中发在社交上还时不时地帮着她。但是，在他俩分居后的第三个夏天，f妹真的怀孕了，逼着黄中发和胡薇离婚。f妹之所以敢逼着黄中发和胡薇离婚，是B超证明她跟黄中发怀了个男胎，这意味黄家后继有人，也意味着f妹的身价陡升，必须扶正。黄中发因之主动和胡薇在经济上了结，同时将离婚的事也商量下来，约定在下一个礼拜去办理离婚手续。

胡薇离开黄中发的办公室，起身动步时友好地说："我俩以后还是好朋友。"

他没像从前那样陪着笑脸脚跟脚地送她一程，只离座回道："慢走。"人却止步于办公桌前，将肥鼓鼓的屁股抵嵌在桌边，双手反撑于桌面，右脚尖轻跺了两下，然后扬起脚尖朝胡薇的背影踢起。踢后，心里舒坦多了。

黄中发随即抽出香烟来叼在嘴角，掏出火机"嚓"的一声，猛吸两口，吐出一串白烟之后，走到门边，确认弃妇走远，才按铃召办公室主任廖里来自己的办公室，吩咐道："去对门'花好缘酒家'安排一桌上档次的花酒，庆贺一下。"

"庆贺？什么事？黄总。"廖主任惊诧地问。

"庆贺什么呀，"黄总笑得嘴都合不拢地说，"刚和母夜叉作了断，庆贺解放呀！"黄总瞅了廖主任一眼，解释道，"当然，这绳没套在你的脖子上，你感受不到被拴的烦恼。"

"那请哪些人？"

"请的人嘛，f妹是首位，我和你，酒执事，再把堂子里的标致妹子叫上两个。"黄总把烟屁股往烟缸里一杵，说"她将扶正，正当庆贺。把他表哥也叫上。"他见廖有点发愣，补充道，"也就是柴邦柴总呀，他不是外人。得请。"

"既然f妹参加，再喊两个妹子合适吗？"

"有啥不合适，她这个人待人宽容，不醋，一点不像大房那样成天犯酸。"黄总说后举手示意速去办，可廖里刚走到门边，又被他喊回来，"菜方面，烧狗肉和烧三鞭不能少。"

"黄总，这狗肉就免了吧，我担忧你的血压又陡升。"

"没事，我吃了进口降压药，血压正常了。"黄总接着认真地告诉廖里，"你就不晓得啰，这夏天吃狗肉，壮阳补肾胜过冬补。"说罢抬手示意廖里速去办理，可廖里还没走到门边，又被他叫回来，"雏，不单标致，还要会喝花酒的呀。"黄总见廖里听后不再动步，很不耐烦地吼道，"咳，快去噻！"

廖里点头应声地回诺后，快步出门。

黄总说的雏，是十七八岁的小姐的代称，黄总的标致也是有具体要求的："骨精、皮细、波挺、臀圆，身高一米六以上，体重一百斤允许正负两三斤。"这些，是他请教了业内高参，修正国外的美人数字后制定的。他还经常对左右讲，这色情经营的最高境界就是跟T台经营一样——出售美丽。

不一会儿，廖里回话办妥，还说："我选了O2和O3这两个雏。"

"我记得这两个是前年开业就来的，倒陪过我，是啥雏？"

"那是老的两个，都走了。这是前几天来了两个标致货就顶了这两号。"廖里把嘴凑在上司耳边说，"都是月红刚过，还没上班,尤其是这03，面带酒窝还是个白虎。"

"嗬，"黄总的笑眼向廖主任会意地眨了一下，"那我得……"

"她们说只想陪好黄总，权作交情不要报酬。"

"我是捡这便宜的吗？跟她们说，把爷我陪疯陪狂，爷有重赏。"

廖里本想说："我就是这样跟她们讲的。"但话到嘴边，想到在上司面前自作主张，必将受到上司忌恨，于是点头回道，"嗳，我把黄总的恩示如实转告就是了。"

这席花酒令黄总今天更为高兴的，是开席前，f妹打电话给他，说自己保胎要紧，叫妍夫陪好她表哥就是了。

酒宴安排在"秉烛游"雅间，这雅间醒目处悬挂的横披书法最是令客点题——

　　　本是洛阳花下客，
　　　千金买笑醉光阴。

大圆桌前，黄总和03挨坐，对面则是02和柴总挨坐，在这两对的两侧是廖里和酒执事对坐。这两对男女挨身而坐，不时摸摸搂搂，是喝花酒的常态，不这样亲热就不叫花酒了，廖里和酒执事是只管斟酒劝酒和插诨。

食客入座，酒执事高声叫道："主来开饮花好并。"只见黄总端起满满的一杯酒来拿到唇边沾一下，故作惊态地说："哎呀，这酒才冰啰，冰得侵牙齿，咋饮呢？"

柴总也把酒拿到嘴上沾一下，附和道："是呀，这酒咋这样冰啰？"

廖里和酒执事这时就只管对02、03嬉笑不语，03向02递了眼色，端起黄总的酒来对02娇滴滴地说道："姐，哥们的酒是冰的，我们就给他们温热来喝吧。"

03说罢，02端杯一点头，二人各将杯中酒尽倒口中，各自都含着这一杯酒向挨身男人的嘴边凑去，这两个嬉皮笑脸的男人几乎是同时搂着这两个娇气迷人的少女，嘴对嘴接过女人口里的酒来喝下去。

"好，真是好事成双对对饮，好，漂亮。"廖里拍着手说。

接下来，酒执事出第二题："对酒当歌。"于是以石头、剪刀、布的方式来猜拳，出于敬客，首先是02和柴总猜拳，02伸出"布"，柴总伸出的却是"剪刀"，该02喝，02喝后，柴总马上夹了一小截鹿鞭递到02嘴里，接着02用筷子敲着瓷碟唱道：

> 有只小蜜蜂呀，
> 飞入哥怀中，
> 与哥共醉酒呀，
> 喝呀——喝呀，
> 准是喝出合欢梦。

接着是03和黄总猜拳，黄总出"石头"，02出"布"，黄总二话不说，端起杯来一干而尽，03随之夹一大截狗鞭含起一端并将另一端递向黄总的嘴里，这叫"亲口敬"，是小姐的倾心之示。黄总咽食后，用筷子敲着碟唱道：

> 有只小蜜蜂呀，
> 扑在妹怀中，
> 交杯把酒碰呀，
> 碰呀——碰呀，
> 真是碰着巫山梦。

　　以后，如是轮流如是饮，如是唱和如是欢。时至夜阑人静，酒致半醉，"秉烛游"的食客便离席回浴场，更多的色情花样，更多的亦醉亦仙在浴场。

15

黄中发一行回到浴场，在客厅吸烟喝茶，接下来的欢乐是洗鸳鸯澡，乳摩和做爱，用浴业行话来说，叫"日韩全套"。

这一伙人在客厅休息时，黄中发暗自吃了两丸"金枪不倒丸"。他从事浴业不到两年，便得了阳痿，用他的话说，叫"枪都打烂了"。为了工作，为了快乐，原先吃伟哥来克服性障碍，年前交上一个仙道，这仙道为他炼制的这种仙丹，据说在过去是皇帝才有资格享用的贡品，是完全无副作用的保健品。往时行乐，他只消服一丸，那玩意不一会儿就真的似金枪不倒了，今天服两丸，是刚才和03摸摸搂搂，验证了这个美人儿的确是风月非凡，因此想和她共度整宵，梅开二度甚至三上巫山。

然而，黄总万没想到，首战03，他的"金枪不倒"迎来03的莺声淫浪不一会儿，极乐的肉麻突然不见，大脑一片空白，感到五腑在撕裂的同时是剧烈的头痛，03听到他惊喊一声"痛呀"，即见他随之倒在身旁，接着是无力挣扎和微弱地连连叫"痛"。一丝不挂的03在惊慌中抓起一条浴巾便下

床呼救。廖里闻声赶来，黄中发除了不成声地呻吟之外，整个
人已是奄奄一息。廖里立刻意识到命在旦夕，于是，先叫人来
给裸黄总穿衣，接着把柴邦叫到就近无人处，二人合计后，廖
里指挥众人把黄总抬到办公室。柴邦则拿着砖头般大小的移动
电话——"大哥大"给f妹打电话，他在拨号中突然觉得不应
先通知f妹，于是去对廖里说："廖主任，这事得火速通知胡
薇呀，人家仍是黄总的合法夫妻，黄家的事，与f妹何关？"

　　廖里也觉得柴总说得极是，即拿起话筒通知胡薇。

　　睡梦中的胡薇被电话叫醒，一听电话里说"黄总病危"，
很不耐烦地反问："什么黄种人病来找我？你打错了！"随着
"啪"的一声把话筒放回，当她打着哈欠拍着嘴时，电话又
响起，这次听清是"黄总病危"后，"噢"了一声便把电话
挂了，心想："他生病与我何关？"复睡后才觉得："不对，
我和他现在仍是夫妻关系呀，而且在世人眼里，还是公认的
模范夫妻呢。于是跃身下床，穿好衣服即奔浴场，到后一听
已被救护车运到市医院去了，又奔向医院，她到医院见到夫
时，夫已落气，死因是脑溢血，血管破裂。医生只私下告诉
胡薇："他吃错了药。"

　　廖里在胡薇的授意下，给供销大厦的报告说，黄总为了
浴场的兴盛，日日夜夜的操劳，累死在工作岗位上。

　　黄中发作为浴场承包人，从组织关系上讲，他不仅是供
销大厦的白领，而且还是市供销系统的企业明星。因此，汪
总在接到死亡报告后，立即成立了治丧委员会。悼词里切实
地追思了他的业绩："黄中发把我公司一个闲置的破烂回收

场改造成为市里一流的浴场，是他变废为宝的工作成就和贡献。"这是汪总对悼词特别强调的一点；悼词中说黄中发"英年早逝，苍天无眼"，是廖里的话；说黄中发"倒在工作岗位上，是供销系统的不幸损失。"却是胡薇提出后，经汪总同意了的。

前白有"不得好死须得好埋"的习俗，悼词美谥，可谓"须得好埋"的一桩事。"须得好埋"的另一桩，是殡仪风光。

殡仪的实际主持是胡薇，费用由浴场的财务支出，胡薇尽显大方。例如在殡仪馆请道教协会的做道场，一般是做一天一夜的"昼宵道场"，胡薇为了家里的煞气尽脱，给黄中发做了个五天五夜的"五昼道场"来超度黄中发。在前白，自是极为风光的殡仪。

胡薇葬夫后，原想休整一个星期，对浴场作阶段了结，然后将它转包到自己名下。但一想到这是到口利益，她休息到第二天就闲不住了，第三天晨里醒来就决定今天着手这事。为圆梦浴场将收归自己旗下就兴奋不已。利益，利益是她兴奋的原动力，没有利益，性欲和胃口也全都没了。所以，她这六七天来私下兴奋的原因，亦即她到医院急救室，手一触到夫的鼻孔确实断气的那一刻，就意识到自己扩大经营的又一个良机来临，把丧事尽量办风光，在治丧期间尽量亲近上级，都是为顺利转包浴场作铺垫。

今天，她没穿商务女郎的性感服饰，将藏兰西裤和白衬衫配搭在身，走进圆梦浴场就把脸板了起来。廖里一见女主人在门边出现，忙起身相迎，把胡薇请到沙发上就坐，接着亲自去沏茶，哈着腰，在微笑中用双手递上。她没接，依然板着脸示意他放在茶几上，他按她的手势将杯轻轻地放在茶几上，确切地说，是放在她端茶顺手的地方。这态度，这举止，在过去都是没有的。过去，胡薇在主任办公室见到廖里，先是露出笑脸，然后才喊着他的职位问："廖主任，黄总在不在？"尽管明知黄中发在总经理办公室，她也要这样，一是以示友好，二来便于自己得到一些想要的信息，因为廖里在浴场有二总管的别称。廖主任虽是很随和地应答，但不会起身相迎，更不会沏茶捧上。眼下，双方的变化在双方看来都是应该的。

胡薇看到廖里这般恭敬，才露个笑脸说："廖主任呀，记得前几天对你交代过，我今天要以浴场临时负责人的身份召集浴场管理骨干开个会。"她看到眼前这个小白脸一直站立着应诺从命，也就和气地说，"在开骨干会之前，我想听听你这个二总管的意见。希望我们有一个良好合作的开端。"

"胡总，遵照你的吩咐，已对财会和经营这两个部门都查了一番。"廖里接着说，业务因黄总不幸，02和03等小姐被吓走受到影响。为尽快恢复业务，讲了一些行之有效的措施。她听后很满意，脸上不时露出笑容，可一谈财务，说财务在收支上表面正常，一旦上缴承包费，账面上就处于严重亏损。

"怎么会这样呢？"她吃惊地问。

"不知胡总是真不知还是假不知，黄总设有他自己的小金库。"

"喔，有小金库哟。"她的脸色顿时阴转晴，"拿小金库来抵冲后呢？"

"这小金库的账目、钥匙，是黄总和 f 妹在直接掌管，其他人靠不拢。黄总走时，这钥匙落在 f 妹手里。"

"那——f 妹呢？"她眉间紧锁，心里也有些慌乱。

"黄总一走，她就人间蒸发。"廖里摊开双手向空中一扬，带着苦脸直摇头，"我虽不知她的去向，但有人知道。"

"谁？"她这才想到，自己忙于治丧，f 妹没出现不是因为怀孕，正是劫财。

"f 妹她表哥柴邦。"

"好哇，那你就告诉柴邦，叫他通知 f 妹，三日内来与我结清账务，不然，我就以盗窃公款上报。"

"胡总，我今天一上班就接到柴总电话，要我转告你，要你明上午来浴场，他有要事和你商量。我和他还没……你就来了。我想，他商量的恐怕也是这事。"

胡薇意识到自己已遇到了对头，更看到自己已无退路，只有较量了："商量，劫持公款有什么好商量。我倒要看看他柴邦是个啥子东西。帮 f 妹，哼。"

她的声音虽大，但在力度上，廖里总觉得不如先前那样钢，认为是自己表忠心的时候，于是对她说："胡总，如有用得着我廖某的地方，只管吩咐，廖某当效犬马之力。"

"你为什么要帮我？"

"黄总走了，我投靠胡总旗下，求新荣不卖老主人。"

胡薇听后，感到眼前这个奶油小伙不单奴性成熟，而且器化程度高，既是突遇恶狗来咬，这倒不失一根顺手的打狗棍。

16

按事先约定，胡、柴二人上午九点在圆梦浴场的总经理会客室会晤，他俩几乎同时到达。守时，在这两人看来不仅是涵养良好的表现，更是诚信的一大展示。

柴邦以往来这里，差不多都穿一件花哨的休闲服，偶尔走几步还要跳一步，表现出年轻人的青春活力。虽说已是三十六七的人，但心身还保持着二十六七的旺盛。今天却一改以往轻浮的形象，首先是着装上：短袖白衬衣和藏青色西裤展示庄重形象，锃亮的接尖皮鞋不只是刺眼，迈着四方步时，给人以一步一个脚印的感觉，就商务形象而言，就只差没打领带了。方脸也不再是一谈一个笑，温和的招呼带着清冷的气色。

因此，今天的柴邦在胡薇眼里不再是嬉皮笑脸的花花公子，不单觉得他正派、稳健，连个头似乎也比过去高得多，和自己不相上下。

胡薇眼下给柴邦的印象也和往常相反。柴邦在过去见到胡总，就是白衬衣蓝制服工作装，就腕上的金壳女表，柴邦也认为是镀金。眼前的胡总，身着蕾丝吊带背心，西服上衣，黑色西裤裙，红色手包，除金表换成金手链外，白皙的长颈上还套有一根项链。这一身衣着配饰是她今早上一起床就再三斟酌的穿着，用时尚语言来讲，她要表现的就是现代商务女性的性感尺度。她认为，谈判对手既非上司也不是下属，展示我的风格和女人魅力，对击败甚至俘虏对手，有无形的帮助。

柴邦一见胡薇却有些纳闷："这样一个光彩照人的大美人，黄中发为何一不喜欢就不再喜欢了呢？"

胡薇不理解他的纳闷，只从他那发贼的目光里看出，掠美者决非止步于看两眼，没打鬼主意至少在想入非非。这，也就证明自己的魅力在分散对手对话的注意力，也就是自己的魅力产生了魔力的攻击力。所以，待廖里把柴邦引到沙发前，她也起身用手示座。

柴邦尽管一纳闷就提醒自己：今天是来帮人了事，不是来猎艳的，但见她伸出手来，还惊喜十分地以为对方是要握手问好，于是脸上绽放笑容，忙伸右手，当看到对方是伸出左手示座后又缩回，自己随即改握手之举为示座，这举止虽有点颠倒主客关系，好在他自己还回了一句："胡总请。"

胡薇虽是正襟危坐，但她一点不觉得这话多余，是她从这话里听出对手这是友好的表示。这是不是口蜜腹剑的演出呢，她不敢否定，依然正襟危坐。

廖里把柴邦的茶沏好后，即离开。室内只剩下他俩，胡薇不等柴邦开腔，微笑着问道："不知柴总约我是什么事？"

"也没什么大事，是黄总走得急，想到黄总办公室里或许还有胡总可用的文件，替人把黄总的钥匙送回。"柴邦从容不迫地说后，从手包里拿出一串钥匙来放在茶几上，向胡薇身边推了一下。

"呵，这对我还有用?"她对钥匙不屑一顾地瞟了一眼，然后冷眉冷眼地问道，"不是吧，柴总，f妹趁我忙于治丧，把小金库洗劫一空，今儿把钥匙送回，想必是要嫁祸于人吧。"

胡薇见到钥匙就不会有好脸色，柴邦是事先就想到了的，但他没想到她会用"洗劫"来说事，于是冷冰冰地回道："胡总这么说，就不太够朋友了。"

"呵——"她干笑一声，脆生生地问道："在柴总看来，我和f妹够什么样的朋友呢?"

"我和黄总多年的莫逆之交，胡总得承认吧?"

她不容这伙同洗劫者转移话题，得理不饶人地追问道："f妹把小金库洗劫一空，柴总作为目击者之一，也该承认吧。"

"f妹没有洗劫谁，只拿走了本该属于她的那一份。"

"柴总，我要报盗窃案，这恐怕就不是她本该拿的了。"

"我今天来和胡总谈的，就怕胡总这样做，我……"

她不等他说完，抢着说："呵，我们的柴总原先也是怕我报案，才来找我谈的哟。"

要是其他人这样说，他会白她一眼，然后才板着脸说出不可报案的理由，可眼前这位纳闷美人是自己还想打交道的人，于是平静回道："胡总误解了，我是怕胡总报案后，把你自己也牵扯进去，和f妹一同把钱吐出来。"

"是吗?"她厉声地问后,仰头一笑。

他此时铭记"软绳套猛虎"的古训,冷静回道:"胡总咋不想一想,那小金库的钱,是胡总和f妹同分,保险柜里的依据证明你俩拿走的时间不过前后隔一天而已,若说洗劫,也是你二人共同洗劫。"

"我那是退股,和f妹劫财是性质不同的两码事。"

"记得黄总跟我透露过,你要的股金是上不了正规账面的。"他尽量凑近她,话也小声,似乎怕墙壁也听见。

胡薇虽听出对手也掌握了一些她拿不上台面的底细,心头不能不有所顾忌,但眼前不能输嘴,于是斩钉截铁地回道:"不!我既然投了股,退股是当然的。"紧接着转话题地怨道,"她f妹算什么东西,柴总该不会忘了我是黄中发的未亡人吧。"

柴邦看到敲山震虎的目的达到,自己也暗自松了一口气,于是端起茶杯来备觉舒畅地喝了一口,沉思中起身抽出一支烟来,点燃就猛吸了两口,回到座位后,跷起二郎腿冷冰冰地说道:"你和黄总当然是合法夫妻,f妹么,当初是恋人,后来成二奶,"他突然提高声音说,"胡总,二奶也是人了,也不甘被玩弄呀!"柴邦看到她只顾冷笑,反感之下,心想,"你要做二奶,才知尊严有多可贵。"然而,也就是这一念之下,想好了对付这女人的方法,于是放下二郎腿,向她递去看似莫明其妙的笑脸。

"你和f妹是什么关系,你这样向着她?"她试图在这里找到台阶下。

"我管她父亲叫舅舅。"他接着抱怨地解释说他当初就反对f妹甘愿被人套着玩，没想自己也被f妹套进来。"当然，没有黄总的人事相助，也就没有我柴邦的今天。胡总，你若换作我，能不帮吗？"

"哎呀，你咋不早说嘞？"她这话说后，才觉得口都说干了，于是端起茶来喝了一口，才问道，"柴总该不是叫我掏腰包来填f妹这个漏洞吧？"说罢，又把手上的茶杯递到唇边，抿茶的同时，拿了一只眼睨着他。

"胡总怎会掏腰包呢？"他见她两眉紧锁，面带苦笑，也就撂开关子，说，"黄总不久前说，过两年承包期满，他也要让账上的资产抵承包费。既然如此，胡总眼下何必来染手这浴场呢？"

"这个——"她放下手中的杯子，起身去了窗边。

他随着这个女人身上散发的扑鼻香，挨在窗边劝道："胡总，息事宁人吧。胡总作为市的优秀企业家，拥有女强人的崇高形象，何必又抓住f妹这样的弱女子不放呢？何苦又把一脸的好粉往自己的后颈窝抹呢？"

胡薇打开窗子，半开窗扇并握着窗拉手扭头问道："我不染行吗？"

"咋不行，你收编廖里，叫廖里打报告给汪总，汪总乐于顺水推舟的是，大可在另一承包人身上捞一把，谁也没有亏。若说亏了国家，可我们的国家是个半哑子，官不哼声，国家也就无声无息了。"

事已至此，胡薇觉得柴邦说的不仅在理，而且可行。她注意到，一个公众人物的形象一旦负面，光彩、荣誉等就全然不再，自己也就是公共垃圾而已。

因此，胡薇点头同意了柴邦的主意，叫来廖里，从容吩咐："柴总要把这钥匙交给我，不知我与圆梦浴场毫不相关，我对柴总说了，这钥匙该给你这个二总管。我今天来，只看这保险柜里有我们家里的东西没有，若有，我就当着你和柴总的面拿走。"

"那今后的圆梦浴场呢？胡总。"廖里不知就里地问。

"你下步怎么做，不妨问问柴总，黄总临终对他有交代。你今后若不愿在这里，可到我那里去当办公室主任，我那里同样需要你这样的干才。"

廖里见柴邦眼下一味附和胡薇，也就二话不说地拿起钥匙，三人去总经理办公室，打开保险柜，胡薇拿到她要拿走的文字依据后，即告辞而去。

胡薇对廖里说这些，给柴邦留下的印象是：办事干练，不显山，不露水。然而，柴邦向廖里交代了浴场的后事之后，才问自己："该说的和该做的，也都了结了，今后拿什么去缠这个女人？"

17

廖里将浴场顺利交出即到胡薇处报到，胡薇对必要的事问讯后，叫他到人事部填一个简历，即可到财务部领一个月的工资，说是权作奖金。谈到工作，胡薇要他到属下的酒楼和百货批发站去找一找管理上存在的问题。廖里觉得这安排无异于打发他滚蛋，于是问道："胡总是不是在我的安排上有困难呀？"

"有什么困难，说好当办公室主任就当办公室主任。但是，我现在就不妨告诉你：你要找得出我管理上的重大毛病，你就当我的办公室主任；如只能说一些鸡毛蒜皮的问题，你就只能当下面部门经理的办公室主任了。"

"你这分明是叫我去找你管理上的茬呀？"

"难道我的茬就不能找吗？如果说一个企业总管认为自己的管理没有毛病，不是企业快完蛋便是这个总管快完蛋。当局者迷，旁观者清，你作为新到白领，当属旁观者。反过来，通过你提的问题，也好决定你适合的工作。"

他听了这番话，才想起黄中发曾多次说，他在管理上不如老婆霸道。于是起身回道："既然胡总把话说到这个份上了，我就只好赌运气了。"

廖里转身一走，她喊着他的不确定职务说："廖主任，期限只两个星期呀。"

半月后，廖里出现在胡薇主持的骨干会上，会议一开始，胡薇就开宗明义地宣布："今天的会议主要听取和研究廖主任的调查报告。"

廖里有条不紊分析了自己调查的事例后，指出："综上所述，足以证明胡总属下的两个企业欠缺一个统一指挥的机构，对外，形不成一个拳头打出去，对内，没有长足发展的战略策划。所以，我建议胡总依托现有实业成立自己的贸易公司。"

胡薇征求了其他经理的意见后，说自己对办公司的事想过，只审批手续麻烦又碍于人手不够，以至没讲出来。"现在，时机已到，由廖主任全权办理，各部门积极配合。"

这一干人就具体商讨起开办公司的事来。

两个月后，胡薇的"晟昌实业公司"在工商局注册成立。

公司的成立日，胡薇也交廖里去择定，廖里依于风俗，找了前白有名的卜算师易大师来酒楼择了个黄道吉日。廖里送走易大师，即去总经理办公室汇报了择定的日子，见胡薇很高兴，于是凑到女主人身前小声说道："易大师认为我们公司在风水宜忌上还存在一些问题亟待解决，这得胡总表个态才好办。"

"什么大事这么神秘，只管说出来就是了。"

"易大师说，你这办公桌上置放这头华尔街牛就要不得，去掉这牛，换成一幅虎的画挂在墙上，诸事方宜。"

"为什么？他跟你讲得有个原因没有？"

"易大师说，你是属马的，和牛相克，与虎相生。"

他这样一说，马上得到女主人的认可，因她由此联想起黄中发是属牛，常侧却是属虎的。于是回道："那你去找画家画只虎来代替这头牛，这头牛就送给你啦。"她端起茶杯来抿了一口，笑问道，"哎，你的属相是？"

"我属狗，和马和牛都相生。"廖里嘻笑着回话后，接着又说，"还有，我们这酒楼正对面那家门头上的山尖，像箭头直射我们的大堂，这于我们的生意也时有所克。"

"这是人家的门头，克不克我们，我们都计较不过，倒是我们，时常找自己的不足，就可做好自己的生意。"

"易大师说，在我们进厅的正壁上挂一幅海上升明月的画来正对那座山尖，就让对门变相克为相生，我们的生意比过去还要红火。"

"既是这样，你就按易大师说的去办。我只跟你说，这些事，宁可信其有，不可信其无。"

"噢，有你的吩咐，我这就去办。"廖里哈着腰对女主人点了个头就趋步而去。

在这短短两三个月，从赏识到重用，他觉得胡薇不单比黄中发更识才，还感到胡薇更会用才。令他万没想到的，是重用之下还有宠幸的事儿接踵而来。

公司成立庆典没几天，也就是在一个秋晴的上午，快下班时，胡总来到廖里办公室，愁眉苦脸地对他说："昨晚睡落枕了，今上午这脖子老是这样僵着痛，下午我得到医院去看看，一般事，你帮我处理就是了。"

廖里边应诺边想："睡落枕也要去医院，犯得着吗？"故而对她说，"胡总，你到医院，也不就是搞个理疗，这搞理疗也就是端颈子加颈肩推拿，打火罐扎针灸对你还不宜。"

"我只要颈子早点治好，怎样疗是人家医生的事。"

"我是说你到医院去治，与其僵着颈子排长队，还不如……"

"还不如什么？"她抢过话来问。

"这颈肩推拿，医院还不如圆梦浴场方便。"

"就算你说的是，眼下圆梦浴场歇业了，你这不是废话吗？"

"我是说，胡总要不介意的话，你这颈子僵痛，我跟你端两下，再搞个颈肩推拿就没事了。"

"你，你会医？我怎……"她觉得自己的话有些不近情，于是笑问道，"你大学学的是？"

"我大学虽是学管理，可受黄总聘用后，为了管好内行，我到中医学校进修了几个月。"

"哎呀，我没把你当外，你倒和我转弯抹角起来。"胡薇喜出望外地喊道，"快来给我治治。"

廖里随即带着办公室的木椅去了总经理办公室，胡薇的办公室只有沙发和高靠背的老板椅，这两种坐具都不适合端颈子和颈肩推拿。廖里把木椅往屋中空地一搁，胡薇按他的吩咐脱去外衣，身穿一件薄薄的羊绒衫反坐在木椅上，双手扣在木椅的靠背上。只见他的双手在胡薇的两肩来回捏了一二十下后，一手托着她的下巴，一手托着她的后脑，在摆谈中将她的头摆动起来，就在这摆谈和摆头的不经意之中，他使劲将她的头往上一端，听到"嚓"的一声时，胡薇感到脖子通泰多了，以后如是反复三四次，廖里放开手后，叫她起身将头自由扭动，脖子的僵硬和疼痛大减，活动起来舒服多了。

接下来，她重新回座，廖里开始做颈肩推拿。按医院的规矩，做这样的推拿是要用一个单子来隔离肌肤的直接接触，他没有这样做也不想这样做，而且是在理疗推拿中融入色情按摩的手法。因此，他的五指、手掌在她的项背上来回推摸，见女主人乐于接受毫不反感，双手渐渐滑向她的锁骨，从锁骨推摸到她的耳根和耳垂，廖里的双手一触到她的两耳，她的身子就要抽搐一下，他再一按摩，她的雌激素在三角区猛然潮起，她的头随之摆脱他的双手，起身来活动着脖子，带着一张粉红色的脸笑眯眯地对他说："好了，问题不大了。"

"下午看看，如果还有僵痛的话，明天再弄一下就康复了。"廖里说这话，就想胡薇明天再喊他来推拿，以便再次享受这雪肤的细腻美。而且，他已确认，她的两耳至少是他的性感地带之一。

胡薇不认为他有什么邪念，更不认为他在占她的便宜。她了解廖里的家庭背景，认定这位穷小子在为"奔厚富"献殷勤巴结她。殷勤确实献在节骨眼上了，经他这番推拿后，她的脖子当时就不大僵痛了，到了下午，可以说康复了。但是，这一下午，一想到他还是个未婚男就心跳不已。

第二天午休时，胡薇把廖里叫到办公室的里间推拿，当他这双细嫩的手像昨天那样极其温柔地滑向她的两耳时，她突然反伸右手，抓住他的右腕用力一拉，将他拉到跟前厉声问道："胆敢调戏你姐！"

"姐，"他顺势跪在她面前，两手搭在她膝上，见她不反感，才从容说道，"像姐这样的贵妇，都有自己的宠男尽情享乐着生活，我还以为姐——难道姐不愿。"

这一声声暖到心坎的"姐"，足可解冻结冰的心，但基于治人，她不得不冷酷地告诫他："你得给我记好，在我这里，只有以绝对忠诚做兼职好宠男，你才能拥有你想得到的。"

胡薇的心里从此有了平衡常侧的性法器。

18

　　常侧在提升上都比照"跑"和"送"的行情算计了又算计，结果，只买得一个"教研组（常务）副组长"，好在这括号里的"常务"二字，是另一位副组长的任命书上没有，也是学校过去没有的。事后打听，是自己比组长送的少了一点点。

　　常侧如此热心提升，目的还在和胡薇般配。现在身份既与胡薇差不多了，黄中发也去世了，和胡薇结婚是理所当然的事，但他又一次没想到的是，胡薇又变卦了。

　　黄中发去世后，胡薇的报复心理随着前夫的去世而消失，对许多人和事，在心态上发生了逆转，心身轻松了一大块。例如对f妹，从前恨不得千刀万剐，现在一想到"同归于零"，有道"一笑泯恩仇"，就记恨不起来了。然而，"夫妻忤逆"的窘况不时再现梦里，这不仅被她视为婚姻伤痕，更看这道伤痕在时不时地破坏她的好心情。

　　当她把这一心事告诉甄姐时，甄姐却告诉她，和常侧结婚，枷锁之外还潜在破财的风险，"不妨从法律层面想想，妻可分享夫的钱财，夫又何尝不能分享妻的钱财。谁跟你保证这个男人一夜暴富后不变坏？"

甄姐这话触到了胡薇的心病，再婚念头从此打消。然而，她也不想失去常侧。在养宠男之前，只有常侧，在她的感受里，正是她能感受"性"福的伴侣。那时，只要他拿上两个礼拜不来共枕，她就浑身不舒服，工作起来无精打采，成天饥于"心头饿"，所以，两全其美的法子就只有姘居。现在姘夫一直在逼婚，她只能制造种种借口来敷衍。尽管有了宠男，她还是不想抛弃姘夫。

又一个礼拜六，常侧来和她共度良宵。这三年来，常侧像家在城里工作在乡下的人那样，周末一下班就急着回城，共度周末已成为他俩的生活习惯。这次让常侧感到不投合的，是两人晚餐时的对话。常侧有意地问道："你忙碌了这几个月，现在还是忙得不可开交吗？"

"嘀，总算可以轻松一点了。"她得意地回道。

"那，你看我们近期不妨把婚礼筹一下，将婚事办了，方算了却终身大事。"

她皱起眉来看了他一眼，坦然地告诉他："常侧，我不想结婚，只想和你这样过。"

"咋的又变卦了呢？"他吃惊地说，"你前礼拜都还说忙过这阵子就把婚礼办了，这会儿却说不想了，该不是开玩笑吧？"

"真的，常侧，我不想结婚，真的不想结婚，只想和你就像现在这样甜甜蜜蜜地过一辈子。"

听她这些毫不含糊的话，不仅他认定她说的是心里话，还认定这是她早揣在心里的打算，于是生气地回道："不想结婚，是嫌我这穷教书的和你这富婆不般配吧？既是如此，我俩为何还要偷偷摸摸地搅在一起？想让我这个情痴当一辈子的性奴不成？咳，你倒想得美……"

"我把这家里的钥匙都给你了，还是偷偷摸摸的吗？"

"我的人格，我的尊严何在？"常侧放下手上的碗筷，起身板着脸对她说后，便气冲冲地向玄关迈去。

"你这是——"没等她把话说完，他已出门，她得到的回答是大门"砰"的一声。她虽端着碗，但早已没有胃口，于是把手上的筷子"啪"的一声搁下，生气离桌。

胡薇以为常侧出门去散散心再回来，她忘了这个乡巴佬在城里是还有亲戚可去，因此到了夜阑人静，见他还没有回来，就认为这个气死汉出门搭夜班车回郎西去了，于是，自个儿也气呼呼地蒙头去睡。实在难入眠，在辗转反侧的反思中，想到甄姐的告诫时，觉得冤家已死，又有宠男，自己需要的是快乐每一天，再在家里面姘一个带来烦恼的男人，实在没有必要，对常侧也就有了新想法："既然你不懂姘就是合欢，这样分手也好。"

这个决定把她折腾到夤夜，在黎明时迷迷糊糊入睡，一直睡到上午十点过才醒，起床不久，常侧却回来了。常侧这时出现在她面前，她在心头厌恶死了："天哪，我怎么遇上一个难缠儿郎？不行，我得马上把他气走，叫他再不要踏这道门。"于是冷冰冰地说："是贼哟，我还以为你昨晚就回郎西去了呢，我可是已经把我们的关系冻结了，没想你还又……"

常侧从这说半句留半句的话里听出，这话与其说是她不高兴的表白，还不如说是他不受欢迎的表露，于是不冷不热地解释道："昨晚是想回去，不料碰到我表哥，才没走成。"

"你表哥，你还有个表哥在这城头，干啥的？打工吗？"

"打啥工？我家卯全哥大学出来就分配在市经贸局工作。"

"哦，想起来了，是卯局长呀。"她在惊愕中仍用怀疑的眼光笑问道，"你几时去认的局长表哥？咋不透一声嘞？"

"他是不是局长我倒没问，我只晓得从小起，他爹我喊大舅。"

"咋没听你吱一声呢？"她在惊喜中亲热地问。

"你是贵人多忘事，记得和你在城头第一次合欢时，就提说过卯全，只因各自工作不同，他当他的官，我打我的砖，这层关系也就没必要告诉你。这次要不是他把我大舅接来一起住，我要不是在大街上和我大舅相遇，我也不会登门去麻烦他家。"他随意解说后，将系着两把钥匙的红缨绳放在茶几上后，苦笑着说道，"我今上午来，不是和你说这个。我只想告诉你，昨天对你发脾气不对，我们好合好散，今后我就不来了。"

她一听这话，觉得自己刚才的话不妥，现在须得把话勾回来，于是笑了笑，轻声问道："你这就好合好散？"

"当然。"

"侧，你要这样绝情，我现在就让你看到我死在水果刀下。"她话一完，就冲向长沙发前的大茶几——那上面摆着一盘水果和一把水果刀。

常侧这时在长沙发斜对面，胡薇抓水果刀来自杀也就有两条路：一是经过常侧面前，另是直奔长沙发前。她选择从常侧面前过去，这就让妍夫看出她的恶搞是演给他看的，常侧本想不拦她以便就让她演砸，但想到自己演恶作剧时也望有人来帮自己解围，也就在她从面前冲过时，拦腰一抱并使劲将她甩倒在身边的单人沙发上，只是常侧抱住她时，胡薇也将双手向他脖子上一扣，导致她被甩向单人沙发上时，常侧也不得不随着她的身子倒向沙发。沙发虽名"单人"，但属单人沙发的最大尺度，好像是满足二人抱团扭捏的专供。所以，别看二人扭捏得相当剧烈，抱团之下，彼此竟由生气转向亲热，由紧迫转向宽衣解带，由沙发上的性前戏转向床上合欢，然后是彼此都"呼呼"入睡。两人虽赤条条的同在一床，并且都在背靠背地做梦，常侧在梦里对无常说："老哥，你的掐算是对的，这个女人只想和我妍。"但胡薇在梦里，却是和甄姐谈妍夫："姐，我这里虽说不再需要制绿帽的人了。但是，得等我把他送上门的生意做了才是。"

所以，男女合欢的暴风骤雨仿佛是莫名其妙的到来，又好像是莫名其妙的过去。她一人赤裸裸地侧躺在床上，他下床后白了她一眼，这侧躺裸体虽说依然十分迷人，对他却再无魅力，他瞧不起她了，第一次伤神地感到性交是个负担，因而拖着步子去了卫生间。她听到卫生间传来男人解小便的"涮涮"声，皱眉起身一看，原是这男人进卫生间不关门，厌恶感顿生："到底是乡镇素质。"但马上又安慰自己，"这是在工作。"

二人在洗漱中虽是主动地帮对方递一点什么或为对方做

一点什么，但彼此的嘴有似打上无形的封条，想说句话吧，又都觉得心头的话不可随意再吐。各自在单人沙发上面对面地默坐了一会儿，他看手上的时间已是下午四点多，起身来瓮声瓮气地对她说："我得走了。"

"明天回去，这就带我去看望老人，也就是你大舅。"

她这几年的社交虽不在常侧的关注内，但私合久了，他对她的社交手段和交际目的还是看出一些眉目来。因而白了她一眼，开口本想说："看啥老人，想巴结卯全吧。"但话到嘴边又咽回肚里。正因为婚姻没指望，也因为情爱变了质，觉得自己白吃白住地睡了她这几年，也应该投其所好地为她做点事，权作还情或还债什么的。

于是起身接通卯全家的电话："哦，表嫂呀，全哥在家吗？""在哟，那——今下午我请你们一家在太白酒楼吃饭。""没啥事，仅向大舅略表心意。""没外人，就酒楼老板作陪，说起来，她还是大舅的姨侄女。""好，我们这就开车去接你们。"

他木讷地放下话筒，她向他投去喜悦的一眼，然后才拿话筒和酒楼大堂经理通话。

19

胡薇结识卯全不到半年，卯全调离市经贸局，成为市长身边的闲人。廖里不知卯全调离，一天下午，一上班就跑到总经理办公室来对胡薇说："喂，我们没有得罪卯局长噻，他局里和相关部门的吃货都不回头了耶？"

胡薇坐在老板椅上听后，只眨了眨眼，平静地回道："我表哥调了，新主子有新主子的吃处，犯不着大惊小怪。我们是迎四方客，一方去了必有另一方来。"

廖里出总经理办公室不一会儿，常侧便出现在门边，面对这位半年未姗的老情人，没像过去那样起身相迎，只意味深长地招呼道："贼，别来无恙啊。"

常侧听出这话里带着难以言表的怨气，因她这半年的电话约会均被他推了。所以，他坦然回道："看望大舅也看看你老总。"

"我还不至于像蓄到秋后的茄子那般老吧？"她离座笑问道。

"哪的耶。"他傻笑着回道。

"那你苦着脸蛋干啥？"她拉着嗓子招呼道，"随便坐吧，亏你还想得起来看看这个人。"她把一杯热茶递到他手里时，才亲昵地问道，"咋又想起妹来呢？"

"卯全被贬的事，想必你也知道了。"

"身在官场，升与贬是寻常事，有何惊奇。"

"这回，他恃才傲上而遭贬，恐怕就难升啦。"他嘻笑说后，接着阴着脸说，"真的，我也没想到，让你空交际了一场，吃了洗脚水。"

胡薇本想回答说："我结识的是人，不是地位。"但话到嘴边又觉得他这话不单有点洗脚水味，更觉眼前的常侧和过去判若两人，于是嘟着嘴回道，"哟！哟哟哟，你看看，学究说话到底不同，多有见识呀。"她睁大双眼重新打量了常侧两眼，面对他正颜问道，"村学究何至这般浅薄？"然后好笑地回道，"哦，不浅薄也就不叫村学究了。"

"你说我浅薄？"常侧抬起左手，用食指指着自己的鼻子问。

"哎，还应加一点鄙俗。"她白了他一眼。

"你说我是村学究？"他惊愕地看着她，换用右食指指着自己的鼻子问。

胡薇本想释道："市经贸局和供销社虽各为系统，皆因卯全在政策方面的点化，她才顺利收购了太白酒楼。"但她觉得和这个乡巴佬谈这些无异于对牛弹琴，所以仍带嘲弄的笑意再用一个"哎"来回应。

"噫，"他摆着说，"这回，我倒要看看他卯全咋个起死回生了。"他睨了她一眼，嘻笑地补充道，"除非你胡总经理在卖乌纱帽。"

她不想将这事继续谈下去，坐回老板椅，斜坐桌前，一手撑着桌边，面对侧坐的常侧劈头盖脑地问道："你现在是搞教研还是教导、副校长什么的？"

这是他感兴趣的话题，于是兴高采烈地对她说："负责全校的教务，必要时还得参与教研组的活动，偶尔写篇文章作个示范。"

她接过话来转弯抹角地绕到学校的领导职位上，比三比四地向他表明："郎西中学的教导主任，好歹也是个从十品呀"。

常侧冷眉冷眼地下结论道："学校如此身教，学生们到工作岗位上也用不着从头学了。至于副校长什么的，也不想了，就是你说的这个从十品，干个年把，也不想再买来干了。"

"想必是没捞头？"

"不想看领导的脸色过日子，用无常老鬼的话来说，实在是欲海难填作自贱。"

"哦，原是未老先衰哟。"

常侧见话不投机，只好告辞。她没有挽留，客客气气地送他出门。

常侧走后，他有句话在她的心里纠结不已，这就是"除非你胡总经理在卖乌纱帽"。她为此盘点自己的人际关系后，也问自己："为什么就不能倒卖乌纱？"她确认帮卯全一把可获更大利益后，拿起话筒约卯全夫妇来太白酒楼吃晚饭，说有要事商量。

卯全夫妇来太白酒楼与胡薇一见面，表面上，大家都有说有笑，甚是乐和。但让胡薇看到他俩不过是打起精神来应酬，寒暄之后，这两口子都显露出精神萎靡不振的痕迹。尤其是卯全，虽说是三十八九的人，但大权在手时，他总是衣冠楚楚加上精神抖擞，身上也就带着一股青春活力和年轻人的稳重，看上去也不过二十八九。眼下，虽说还是西装革履，而且也就还是月前来此的那一身，但是，月前套着毛衣，精神、体形一显饱满，眼下虽因天热而除去毛衣，但给胡薇的印象是神情懊丧体形"瘪"。瞧他的脸，老"绷"着，不笑时是一脸的苦色，笑起来给人以强颜欢笑的感觉，过去的开怀大笑不再，红光满面更是不见。所以，胡薇直感他老了一大截，活像四十七八的人，心里暗自发问："不过半个月没见，咋就老人头了呢？"

再看吃相，吃相更差劲。瞧他端起一杯酒，和胡薇勉强作个"碰杯"手势，杯还未到唇边，愁眉早已紧锁，酒一喝下又少不了皱着眉长叹一声。

回想过去，要是胡薇向他敬酒，他无不是爽快地端起杯来乐呵呵地回敬道："我敬妹子有不让须眉之能。"这话一说，"咕"的一声，只见他手中杯底朝天，杯中琼浆尽倒口中，接着就听到他亲切地应道："好，斟满。"吃起菜来更带绅士风度，只吃自己面前的，而且从不在盘中挑选，吃罢皆有美食家的说辞："哎，妹子，我说你这泡菜呀，色香味皆不亚于韩国泡菜。"这倒不是吹嘘，太白酒楼的泡菜下酒，有道是前白一绝，但拿来和韩国的作比，却是卯全的高见。眼下，他愁眉苦脸地喝了两杯后，才拿起筷子，在碟里挑了一小块泡姜，递到唇边，塞了半截在嘴里，皱着眉嚼了好几口，才将这块泡姜全包在嘴里嚼起来，这嚼的，这咽的，好像不是泡姜却似蜡。

"怎的没权就像丢魂似的呢？"胡薇私下问自己，进而认定帮的决定是对的。

卯全咽下泡菜后，有口无心地问道："妹子说有事商量，是什么事？"

"我省组织部有两个熟人，不知表哥感兴趣不？"胡薇随意回道。

"你在省组织部有两个熟人？"卯全惊问后，瞅着胡薇追问道，"妹子这两个熟人在部里是干什么的？"

"也就是敖部长和他的秘书。"

卯全听后目瞪口呆地望着胡薇，卯妻问道："妹子咋又和这些高层人士都熟起来？"

胡薇笑起来回道："谢秘书是我们谢主任的儿子，我们是多年的朋友。敖部长是来前白考察，因刚从北京来，还不大吃得惯宾馆的，谢秘书就带他到我这酒楼来吃了一餐，因部长一家都特别喜欢我们的泡菜，后来我每月都要送一点到他家去，所以就成了熟人。"

和部长夫人认成姊妹关系以及部长家收的烟酒皆由她转手销售，她没说，是基于逢人只说三分话。卯全也深知这种官场的熟人不可能仅是一碟小菜的交道。所以对妻说："妹子这层关系，亏得妹子雪中送炭。咋就没向妹子讨教讨教呢，看来，还是我们粗心了。"

"嘿，我们妇道人家往来，都是些上不了台面的，眼下，也还不知表哥用得着不?"

全嫂本想说:"咋用不上,我们要早有妹子这层关系,你表哥就不至落到空档里了。"

卯全见妻欲开口,看了妻一眼,妻就知趣地只顾笑陪,卯全却认真地对胡薇说:"你把部长夫人和谢秘书介绍给你表嫂,剩下的你表嫂去做。"他激动之下本还要说,"市里的,我再做。"但话到嘴边又咽了回去,只睁大笑眼期待胡薇回话。

胡薇听卯全说完,点头回道:"我晓得了,表哥等好消息就是了。"

20

全嫂到省里跑了两趟后，也就不过两三个月，卯全看到同僚们对他又是有说有笑地打起招呼来。同时，政府大院里也在传言，有说他马上要到市接待处任处长，又说是很快就要去市供销社当一把手，胡薇私下问表嫂，表嫂只对胡薇说："组织上对你表哥谈过话了，去处还没具体落实。"

胡薇知道自己帮这一手有了成效，心头着实高兴，是看到自己在这两口子的嘴里比卯全的亲妹还要亲，也因之把这视为自己的"政绩"。就在胡薇对自己的"政绩"暗自高兴时，又一件意想不到的高兴事送到她手头。

这是农历四月的一个下午，柴邦来电话，电话里一阵亲热的寒暄后，柴邦说："胡总呀，我这里有一桩大生意，想与你合作，只不知你感兴趣不？"

"这要看是什么样的生意了。"她这是向他表明，她的生意是有选择的。

"这样吧，你在近两天安排个时间，我们找个清静的地方细谈。"

她本想回答他："现在就可以，我这里就清静。"但她突然觉得对一个狡诈之人实话实说无异于出卖自己，于是平静回道，"我后天下午有时间。"

"那，后天下午我们就在北湾面商。"

她答应柴邦后，即把廖里叫到自己办公室，交代道："我现在需要了解柴邦近两年的经营状况和个人动态，你现在就去私下调查一下，明下午给我，以便核实备用。"

"你要和他谈生意？"廖里吃惊地问。

"他来找我合作搞项目。"

廖里听后，若有所悟地点了个头就告辞，就女主人想要的这些情报，他的脑袋里现在就装有一些，因为他平常和柴邦一碰面就要聊一阵子。但是，他一听女主人要核实，就暗示她的情报来源不止他一人，他就不能不暗地里着实调查一下。

第二天下午，一上班，廖里到总经理办认真地对胡薇说："就柴邦本人的创业行为而言，从来都是独来独往，从未与人合作过，记得当年他矿上缺钱时，黄总想参股，也被他用高利贷的方式来代替。"

"那，他想和我合作什么？"她沉思道。

"目前无任何迹象说明他要从事矿山以外的其他生意。"

"他的经济和经营状况？"

"柴邦这两年仍在经营煤矿，业务正常，就纳税来看，他公司每年的利润应在千万以上，所以，去年虽发生过两起安全事故，但在重利下，其赔偿和罚款不过小菜一碟。"

"个人生活呢？"

"个人习惯也没有大的改变，也就是赌和吃花酒的习惯依然。"

她听廖里这样一说，好像突然明白了对方要做什么，但一想到对方是规模经营者，不可能都邪乎，转而想到项目就是商机，人家捂在心头能有什么迹象。于是对廖里说："你去北湾的水上人家订两条豪华游船，酒楼的轮班员工放假同去，这样，显得我们从容有弹性。"

廖里虽是满口应诺，但出门后却在心底犯起嘀咕来："不就一个意向洽谈，犯得着这般提防吗？"

柴邦心里没有捂有什么合作项目，也没有与人合作的意向，他打电话给胡薇说合作的事，只想借此亲近胡薇。自圆梦浴场与胡薇交手后，看到自己轻而易举地圆了 f 妹的梦，自个儿做梦都想着与胡薇风流。原以为事后邀约，便可交上她，万没想到均遭谢绝。虽从廖里嘴里得知胡薇对他柴邦没什么好感，他到太白酒楼宴饮，就是想和这位光彩照人的美人醉酒当歌，却影子都见不着，因之越发相思越不死心。前月听廖里说胡薇对项目最感兴趣，茅塞顿开，便将一个废弃了的项目捡来作亲近的借口。

北湾原是城郊最偏僻的一个穷山村，由于前白的跨越式开发带来城市的快速膨胀，这里的一湾清水顿时成为周边居者和投资者的富源，它之令人留连忘返的湖光山色和前白一流的水上服务，因而成为前白商务洽谈和休闲的好去处。

柴邦与胡薇约定后，就特派人去北湾预订了豪华游船，以显示他的富有和大方，使美人醉在合作中，顺着他卿卿我我。到了约会的下午，他驾着豪车兴致勃勃来到北湾。没想到胡薇带着她的团队来度假，是自己上了她的船。

胡薇带着她的团队来到北湾，团队一条船，她和廖里上了另一条船。胡薇跟廖里上船后，在甲板上对船舱扫了一眼，问道："你把会谈地点安排在这里？"

廖里沿梯爬到船的顶层，才回道："就今天这风和日丽的天气，我看在这里会谈比底层更惬意。"

她看到顶层视野开阔，清风徐徐，不似底层闷热，更不要说顶层无论在阳台上活动还是凉厅里就坐，都宽余不令人促狭，所以同意了廖里的安排。

到了下午上班时，柴邦就接到廖里的电话："柴总呀，我们早到了，哦，你就在1号码头，我们在2号码头，我们都准备好了，胡总请你上我们的船。哦，你的船呀，这……"

两人在电话里说来说去，柴邦还是上了胡薇的船。看茶后，廖里离开，胡薇才指着不远的一船人，极随意地对柴邦说："前月就对员工们说放假来北湾春游，我们廖主任一心念着生意，一拖再拖，没想到春天都过了才来游。"

"我觉得我们前白四月间的天气才是真正的春天。"他眉眼欢笑地指着环山说，"你看山花在连山翠绿中开放，使人倍感春的美丽，你要是经常在林间穿走，惯听山中鸟语，叫人留连忘返的，也就数这段时间的鸟声最动听。"

"为什么呀？"胡薇好奇地问。

"因为这段时间正是交尾期呀。"柴邦低声地回答后，依然带着一脸的嬉笑向她投去专注的一眼，舒胸、蛇腰、圆臀所展示的性感尺度无一不在唆使他妄念顿生。当他看到她的脸上在将笑颜收起在瞅他时，马上意识到自己言行或有不端，于是，忙抹去妄念，一显诚实地补充道，"实不相瞒，这是我幼时爱在山里打鸟，所以近山知鸟语。"

"哦，难怪。"她冷笑着回道。

他俩回到凉厅的躺椅上，两把躺椅都朝着船头，他俩入座后都扭起身子来面对对方，彼此客套了两句，胡薇从容说道："柴总不妨谈谈合作的事吧。"

"五年前，连山矿区在拍卖时分成 ABC 三个矿区，我买得 A 区开采权。作为招商优惠条件，当局同意将 B 区作为后续开采区。因此，我一直认为 B 区只要交纳出让金就是自己的，殊不知前月一问，才知这是句套话，但是据县局主事的讲，如果上头关系铁扎，这 B 区还是我的。不然，国土部门可重新拍卖。想到胡总手眼通天，所以想合作。"

胡薇很清楚，对方若无手眼通天的本事，绝不可能跻身富豪。但她觉这话正是自己弄清对方目的的突破口，也就问道："柴总是想我弄批文，还是共同开采？"

"胡总若感兴趣，批文，开采都行。"柴邦见胡薇脸上仅带一丝不可思议的笑意，忙补充说，"如果是弄批文，公司愿出佣金一百万，共开采就按投资股份记。"柴邦注意到，他这话一说出，胡薇开颜点头，这就告诉他，她在往他的套套里钻。

补充确实打动了她的心坎，暂不说共同开采，单这一百万佣金，可是她的公司最佳年份的一年利润。这时，扬声器传来的旋律是《化蝶》，她对这首曲子不单熟悉，而且更有别番理解。这就是她认为这天籁之声不啻谈儿女情，更在传授人世间起死回生的魔法。所以，她隐隐感觉神在助她纳财，因此本想对柴邦说明这是良好合作的吉兆，但又觉得和土豪谈音乐无异于对牛弹琴，也认真回道："这样吧，柴总回去把相关资料复印一份给我，我确认后，咱们再签一个合作协议，你看如何？"

柴邦点头同意后，胡薇立即把廖里传来，柴邦以为她要向廖里透露合作的事，不料这个女人只向她的助手问起接下来的活动内容，让柴邦更想不到的，廖里回答后，她还问柴邦："廖主任这些安排，看柴总还有修改没有？"

接下来的主要活动是在野外吃烧烤和夜初舞会，柴邦虽没想到，可是情投意合，所以乐呵呵地对胡薇说："客听主安排。"

21

柴邦要给胡薇的资料本来一次就可送齐的，却成分两次送去，图的是加强感情联络。每次送资料都受到胡薇的热情接待，使他感到这个女人不单工作强悍，更有格外温柔可人的一面。他以答谢她的北湾款待为由，约她再去北湾同游，如是你来我往，在她说来是业务合作，在他的感受里，正是热恋中人。

胡薇接过这些资料后就放进办公桌的闲置抽屉里，因为她压根就没有这方面的关系。她虽然明白自己不是推磨人，但认定一条：编个套儿大可套两个官来干这活，而且一定比自己干得出色。在北湾将这事应承下来，就仗着自己在省里的人际关系，迟迟没用这层关系，得等卯全的位置具体落实后。她心里十分明白，组织部的后门不是专为她一人开的，托人家办事，得一码归一码。一桩未完又交一桩给人家，人家会烦！再说，不管这事成不成，她认为都有尝试的必要。她结交政府"把手"们的目的，就因看到"把手"们手中的权力可变成钱。柴邦来谈这事，她认为正可借此探路。

　　她没想到，和柴邦谈合作的第二个月，卯全调任市国土局局长，全嫂在电话里将这喜讯告诉她时，她正一个人在办公室审查财务。她搁了话筒，带着异常喜悦的心情连声说："老天助我。"

　　回到座位上，胡薇将账本推到办公桌的一角，拉开堆放柴邦资料的抽屉，将所有的资料拿出一边规整一边对自己说："这就找表哥去。"当她把这些资料装进一个档案袋后，才察觉自己过于心急："不对，人家还没到任呢。"于是，她在心里责备自己，"慌啥，等他把位置坐热后再去也不迟。"当她把资料放回原处，想的是接着审查财务，可再次打开账本，脑子里不是卯全就任的设想，就是柴邦谈合作的预设，再无查看账本的心思了。

　　想到一百万，兴奋全写在脸上，在屋里踱了几步，带着乐不可支的心情去巡视各办公室，来到廖里的办公室，见到廖里，雌激素突在三角区潮起，一看还有个把小时才下班，便用尖嫩的音调对他说："你这就到我办公室去。"

　　"什么事？"廖里进了她的办公室问。

　　她一边往里间走，一边对他说："把门关上。给我做个全套。"

　　这是按摩带性交的暗语，他因此把门一关，去了里间……

　　这以后，她忍了一个多月，在电话里得知卯全的工作有点头绪了，她才带着档案袋去找卯全。

　　她这次走进局长办公室，看到卯全又回到过去的精神状态，但谈起话来，多了一份老成，更多了几分潇洒。身着藏青夹克，笔挺的白衬衣领子显得格外白，而白衬衣又反过来将外衣衬托得格外的青。他热情接待胡薇，平静地听了她的述说后，接过档案袋，微笑着说："待我把实情了解后，再给表妹一个肯定的答复。"

一个星期后，卯全电话通知胡薇去他办公室，她再次走进局长办公室，卯全今天虽是西装革履一身青，但仍没有打领带。一边热情招呼胡薇就座一边给她沏茶。她赶紧向茶水柜走去，卯全已经大权在握，今非昔比，哪能让大领导亲自沏茶？胡薇走到他身边笑眯眯地说："表哥，我来沏。"

"你给我坐好，哪能是你来沏茶，表妹到我这里就是贵客，哥岂敢怠慢。"卯全一边沏茶一边说，本想还要催她回到座位上，但她身上散发的馥香，使他感到十分惬意，倍感温情附身，身心共爽。

从他手里接过半杯茶时，胡薇在道谢声中向他投去十分赏识的笑眼，在前白有"酒要满，茶要浅"的待客之规。虽说沏茶浅杯是卯全的习惯，虽说他为她沏茶浅杯也不是第一次，但眼下，卯局长这半杯茶不仅是礼貌上的暗含一个敬字，更是卯局长的风度和涵养的高度展示。这一点，无论是黄中发还是柴邦都欠缺。

两人在单人沙发上面对面地坐下来后，卯全毫无局长架子，认真地对胡薇说："这连山煤矿要表妹办的事，原是河西县国土局年前就来请示过我们的分管副局长，我们市局就否认了他河西的做法，原则上已是不可复议的事，如今又来提，我在想，对方是不是想要弄甚至陷害我兄妹二人？"

　　她听他这样一说，认定事情已经砸了。他把事情说得这样严重，虽说与他前不久吃过亏有关，但觉得事情再是砸了，也要把他的误解消除。于是解释说，这事是在他未就任前两个月就和柴邦说起的事。

　　"我当时是想找省里的人来通关系，所以柴邦不可能对表哥起歹意。表哥说不行，我回他的话就是了。"

　　卯全听她把事情的缘由道出，再看她脸上的笑意十分勉强，才意识到自己刚才不单生出误解，还把话说得重了点。所以笑起来回道："这事先不说行不行，我只问表妹，表妹和柴邦的关系……"

　　"我们只是生意上的交往，其他不存在。"

　　"这次是合伙经营还是其他？"

　　胡薇不好意思地笑起来回道："他说事成后给佣金一百万，我说朋友间互相帮助，佣金就不要谈了。"

　　卯全吃惊地看了她一眼，本想说："想不到表妹帮朋友不计利还这样实在。"但一想到她帮自己就是这样实在不计利，故而改口问："表妹晓得这张批文可使对方获多少利吗？"

　　胡薇听出这事还没有完蛋，也就老实回道："表哥知道，我对这行不熟，只晓得帮朋友，其他的就没问没多想。"说到这里，突然从他的话里意识到他对利好有谱，于是笑起来说，"表哥何不指点迷津。"

　　"我私下找专家评估了一下，这张批文如果成立，连山煤矿的老板捡到的便宜至少在一亿以上。"

　　"一亿以上，还是至少？"她瞠目结舌地望着他。

卯全看着她将头重重地点了两下，认真地说："所以，他既在我上任前就拿一个明知作废的文件来和你谈合作，我敢断定他带有其他意图来和妹子交往。我是说，表妹不能把这种人当朋友，在利益面前就应该按商业惯例来办。"

"我会记住表哥的忠告，这事不成，我和这种人就不可能往来了。"她说这话，旨在弄清这事行是不行。

"我什么时候跟表妹说这事不成？"

虽然她听出事情成功性极大，但她觉得须有个水落石出，也就皱起眉头来反问道："你先不是说'原则上已是不可复议的事'么？"

"原则外呢？"卯全笑起来反问后，认真地说，"表妹有所不知，有道'合我意者，死了也得弄活，不合我意的，活得再好也要弄死。'可是当政者的隐语。"

"那我这——"想到自己拼搏这些年，资产也不过三四百万，眼下，她看到自己一下即可捞个几千万的可能，更加认定在北湾听《化蝶》的吉兆在应，因之激动得站起来从卯全的对面移身到他的侧面。

"表妹的事就是我的事，但在规避上，你得容我考虑考虑，做好技术性处理。"

"这事要成，我按表哥说的去做，利益上，我们二一添作五。"

"我一个子不要，这事得安全，在操作上，我现在只有个初步想法，"他将身子扭起来，把嘴凑到她耳边和她悄声谈起来。

胡薇一边认真听一边不断点头，听完后，动情地说："哥
这样帮我，你若不要我还真不想做。"

"我力争给你做就好了，在表妹面前，我敢要啥？"他接着
带着开玩笑的口吻说，"我要你，你又已经是我的表妹了。"

胡薇听出这貌似玩笑的话才是卯全心里的真心话。经验
告诉她，这官场上的男人，也只有把他弄上床后，他才会俯
首帖耳听你的，于是打量了这个傻男两眼，起身告辞后走了
两步，才回头一顾地对他说："表哥，我下午请你赴宴，就
我俩。"

"我听你的电话。"

22

卯全令胡薇倾心的，不单是为她设计了通关弄批文的路线，还为她设置了制衡柴邦的方案。

就在胡薇准备和柴邦正式会谈时，柴邦来到她的办公室，不由分说地带她出去，说要给她一个惊喜。胡薇见他充满一脸的喜悦和神秘，在好奇和试探心共同驱使下，也就驾着自己的车随他去了一个别墅群，走进一栋英伦风情的别墅里，等她带着诧异的眼东张西望一番后，他问道："你觉得这房怎么样？"

"前白最有品位的豪宅，还有说的吗。"她接着问，"怎么，这是你的家？"

他笑起来摆了摆头，猛然间伸出左手抓起她的右腕，接着将拿在右手的钥匙放在她右掌中，笑容可掬地说道："这是我送给你的生日礼物。"

她听到这话，简直不相信是真的，惊喜地问："你给我的生日礼物？"话出口后一怔，才想起今天确实是自己的生日。面对这样的厚礼，确实是天大的惊喜，这栋精装别墅的时价怎么也在二百万以上。她紧握钥匙又问一遍后，看到柴

邦笑着直点头，本想回答说，"好哇，这就谢柴哥了。"但当
这话到嘴边要说出时，又问自己，"人家拿二百万给你，哪
是一个谢字就能了得的？对方花这二百万要的是什么？"回
答只有一个，这就是柴邦出二百万买她。然而，"在非情愿
之下，这二百万能买得到我吗？"

柴邦咧开嘴望着她一个劲地笑，胡薇虽似笑非笑的应之，
但他感受到千金买笑的醉意。胡薇从他的笑意里看不出有什么
恶意，但从他的眼光里，她察觉那目光贼溜溜地在她身上扫
动，像冷箭射向她，使她不由得将双手交叉地护在胸前，这一
护，使她想起卯全的告诫来："表妹不能把这种人当朋友，在
利益面前就应该按商业惯例来办。"利益，她认定自己正在力
争的利益至少是三千万，这二百万比之三千万，又算什么
呢？于是，她转身撂开他的目光，一边装着欣赏客厅的精
装，一边告诫自己，"捡这等便宜极可能吃大亏。"

接下来，她认为不应怀疑自己的观察：一个美女接受这
样的礼物，无异于自我找圈套钻，然后成为美人贱卖的剧本
素材。因此，无论是生日礼物还是三千万利益的合作，自己
是不能推却的。她不得不佩服身边的这个男人为了弄到她而
煞费心机，把手段耍到绝佳。但是，佩服之下，她还是觉得
柴邦太小看她胡薇了。因此，她笑起来，眨着眼打量了柴邦
一眼，本想将钥匙还回时，想到生意重要，不能在这事上开
罪他，也不能弄得彼此尴尬，故娇声娇气地问道，"柴哥这
般高看小妹为什么呀？"

他一听这娇滴滴的声音，不要说睁着眼看到佳人就在眼

前，就是闭着眼听这甜在心坎的声音，即可联想是床上的尤物在摄魂。魂虽被摄，可色胆鼓动，认为时机已到，于是回道："借用冯巩的老台词，我想死你了。"

"人家就是弄不明白，柴哥是借用，还是真心？"

"哎唷，我柴邦献上这份礼物，就是一心一意地喜欢胡妹的表示。"说完，见她只顾笑，便时不待我地伸手去抱她。

她借着细看博古架的姿势，闪开他的手，对着他说了句博古架做工精致的话后，又和气说道，"柴哥，可惜你选错了时候，今天不是我的生日，你这礼物我不能要。"

"今天不是你的生日？"他颇为惊诧地问。

她当着他的面把手中钥匙轻放到茶几上，用亲昵的口吻认真地说："今天确实不是，柴哥。"

"那——你的生日是？"他瞪着眼发怵地看着她。

"柴哥要是真心结交小妹，我们就诚心诚意地将目前这场合伙生意做下去，小妹看到柴哥的真心后，自会把生辰告诉柴哥的，到时，小妹再来领受柴哥这份厚礼也不迟。"

"好，胡妹快人快语，真是性情中人。以后就看我柴邦是不是真心结交。"柴邦说到这里，见胡薇往室外走，也就跟随往外走去，待她跨出这门槛，他才问，"只不知与胡妹合作的事如何？"

"省里的领导来电话，有点眉目了，叫我明天去一趟。柴哥这里如果没有其他事的话，我这会儿得回去准备一下。"

这诚然不是柴邦原来设想的结果，但是，当他听到批文有点眉目了，这对他说来才是真正的惊喜。他认为这是人财两得的预告，因为，他要的胡妹，绝不是强扭之瓜，必须是一个心甘情愿地和他同床共枕的胡妹。他在花酒雅间玩女人玩腻了，认为应该提升一下自己的风流形象。眼下，柴邦看到自己玩女人玩出世人少有的水平，自己的风流形象不仅将获得登徒子们的嫉妒，更看到没烧钱还将进一笔巨大的财喜。所以，他眉欢眼笑地回道："这事是大事，胡妹这就回去准备吧。"

胡薇一面得意自己在厚礼面前的巧妙推脱，一面更感不安的是发现柴邦在自己身边安插了眼线。因此，回到自己的办公室，想到以后一步步的行动都需要保密和代理人的绝对忠诚，决心今晚在化敌为友的前提下收拾眼线。

晚十点，廖里准时来到胡薇家里，见女主人穿一件半透明的轻纱晚装坐在单人沙发上看时装杂志，对他的到来只冷冷地看了一眼，他以为她等不耐烦了，但又看她依然安稳地坐着看杂志，所以，笑嘻嘻地问："姐，先在这里做半套吗？"

这是只做按摩的暗语，她翻着杂志吩咐道："我就在这里洗个脚，就清水，润肤的一点不能放。"

不一会儿，廖里将半木盆温水端到她跟前，虽说她仍在看杂志，但盆到脚边，只见她双脚自动地往两边分开，好像盆上安有传感器不是人的感觉生发。

"姐，放点浴足矿盐如何？"

"多少放一点点就行了。"

廖里拿着一瓶浴足矿盐来欲放第三勺时，她用杂志拦了下来："好了，有两勺就够了。"

过去，廖里将她的双脚放到盆里一泡，就给她做上身按摩，今天，胡薇只要他帮她洗双脚。脚洗得差不多了，胡薇把一双玉脚搁在盆沿上，才对他说："去拿个大碗来把这洗脚水舀个大半碗起来等我做病毒化验。"

舀洗脚水，倒洗脚水都做了，待他来到身边并在她侧边坐下后，她才放下杂志，板起脸问道："谁叫你把我的生日告诉柴邦的？"

"他说要给你办生期酒，我认为他是一番好意。"

"他给你什么好处。"她的两眼似两道剑光射向他。

他不敢说假，他以为柴邦把一切都告诉了她，战战栗栗地回道："说促成你们合作后，给我一万元。我说，你只要和我家主人好好合作，钱的事就不要谈了。"

胡薇明白：一万元对他说来，可是他一年的工薪，岂有不要？然而，这也向她提了一个醒：只有花大钱收买人，才是最好的防范。

"你这算不算违约犯规？"

"这……"廖里懵了。他给她作宠男之初，有个约法三章，其中有一条，是凡涉她的个人隐私，他不得外透。她因此告诉他，她这个生日与户口身份证不同，纯是他和她两人之间的秘密。所以，他哭丧着脸说："姐，我错了。我认罚。"

"两条，你自选，一是走人，一是把这碗洗脚水喝了以示忠诚才可能继续为我服务。"

离开她，无异于自毁富裕和艳福，廖里于是端起碗来

"咕嘟咕嘟"地将洗脚水喝下。喝后，首先想到的是若把第三勺放下去，就更难喝了。想到这，感到女主人还是宠着他的，跪在她面前谢她不弃，掌着自己的嘴哭起来说，"姐，我以后再也不做这种对不起姐的事了。"

"若想将功补过，以后，他给你钱照收，但你给他的情报，必须由我这里给你。只要你做好这项生意的眼线和代理人，生意成功之日，你就是百万富翁。反之，这期间若有半点不是，就不是喝洗脚水了。"

他明白，女主人向来说一不二，所以信誓旦旦地回道："姐，我不会让你失望的。"

"回去休息吧。"等他走到门边，胡薇脆声声地喊着他说，"弟，百万富翁的机会得自个儿把握好哦。"

他转身来重重地点了个头，才开门离开。

23

到了与柴邦会谈的这天上午，胡薇没上班，端着一杯茶在客厅里踱来踱去，看上去，像是在漫不经心地喝早茶享安宁，实际上，正在处心积虑地选择会谈地点，这是卯全一再告诫她的：与柴邦会谈，不单是不能透实情，地点也必须做到"法不传六耳"。

最先，她把地点定在自己的办公室，因为这里可以做到绝密，但又想到这就可能是有一天牵扯自己的铁证；接下来考虑的是茶坊里的雅间，可一想到"墙有缝、壁有耳"就放弃了。最后，她认定北湾游船的顶层才是最理想的地方，上午的游客少，决定将会谈时间改在来日的上午十点后，才打电话叫廖里去订船并通知柴邦。

深秋，北湾的景色格外迷人，放眼山野，成片的黄叶和成片的火树夹杂在苍翠的森林间，巡视湖边，倒影在碧水的橙黄和朱红却似环山嵌在湖边的花环。万顷秋水静凝在这道道山湾，似将千山宁静一并聚焦。与扬声器里悠扬的琴声偶尔交织的，是水凫惊起时"啪啪啪"的拍水声，人在画中游，这些天籁之声正是静景美的旁白。

胡薇和柴邦都没有心思去欣赏这一幅幅展现在眼帘的秋山图，但都有感丰收在即。所以，二人在船顶的凉厅面对面坐定后，一待廖里退下，胡薇就开门见山地说："据国土部门的档案记载，你们当年的拍卖承诺事实上已过期作废，你去年的报告申请因此在市局就搁置了下来。"她说到这里，见他脸上带着一丝惊异和喜色，也就认定自己已经揭到了他的老底。确实，柴邦惊喜的是她道出了一般人不知的实情，从而也就认定这女人确实摸准了门路，找到了关键人物。胡薇也随柴邦的开颜而微笑着说，"这搁置，好在市局当时没把话说死，大可变通处理。但是，这一搁，也给我们带来一个十分不利的大麻烦。"

"什么大麻烦？"

胡薇见他抢过话来惊问后仍将眉头紧锁，故意拧起茶杯来抿了一口，才回道："管事的说，这连山煤矿的C区老板也具备同样的条件，也同样在找人通关系弄B区的批文。"她接着谈了B区的一些情况，让柴邦确认她的话一点不假。

因此，柴邦手托下巴听后，回道："当时的拍卖条件是一样的。只不知胡妹的竞争优势何在？"

"我的优势就在我知道对手的出牌，对手不知我出什么牌。"胡薇得意地说，接着难为情地说，"我是说，由于两家竞争，管事的也就来了个狮子大开口，说出的数来，差点把我吓死了。"说到这里，胡薇望着他摆头冷冷发笑。

"说呀，什么数字就吓死了呀？"他皱着眉催道。

"这些人，啧啧啧，跟抢人差不多，吓死人。啧——"

"哎呀，你啧啥子呀，你快说嚯，人家就抢人也是抢我，又不是抢你，你怕啥呀？"

胡薇左右环顾后，将身体前倾，探着头压低声音说："省市两级管事的都说，这B区相当于A区的两倍，重新拍卖，至少多卖一个亿，而且是至少。所以，省市两级都提出要百分之二十，你说，这等不等于变相的抢人？"

他本想顺着她说："要价是高了点。"但想到A区煤源枯竭，C区又在竞争，再说A区给官员的干股也不少，还有，更重要的是，他估计捡到的便利在一点五亿。他这样一合算，也就觉得官家管事的要价一点不高。再看胡薇说后吃惊地望着他，他也就笑起来回道，"行情如此，你就不要认为人家是抢人，人家那个乌纱也是拿钱买来的，从生意上讲，人家也得连本带利捞回去。再说，人家赌得，我们又为何不赌这一宝？"

胡薇听柴邦这样一说，虽摸到了他非要不可的心理，觉得还有再诊的必要，故惊乍地说："人家的意思柴哥已全听明白，但我是外行，柴哥可要合计好哟，这可是三四千万啊。而且是在省厅的批示一到市局，就得兑现百分之八十。"

"不就三四千万吗？真是，看你这样子，像要你的命似的。"

胡薇以为有了进一步下套的必要，也就耍出女人特有的幽怨："柴哥，这不是我怕死了，小女子是怕有一天吃了柴哥的迷魂汤，被柴哥弄了去，有埋怨，小女子难免受柴哥的气。"

柴邦一听这话，心想："你现在就已经吃了我的迷魂汤了。"于是拍着胸膛乐滋滋地说，"哎呀，我的女菩萨耶，我敢拿啥子气给你受？又有啥子好埋怨的？我柴邦一向敢作敢为，说话算话。倒是你胡妹，可千万不要把这笔生意给我打脱了。"

"既然柴哥都把话说到这个份上了，那柴哥就安排个可过心的人按我的意思办县里的手续，柴哥在背后把县里主事人搞定，省市两级由廖里代表你们公司出面，我在背后指挥，力争在两个月内办下来，你看如何？"

"省市两级由廖里做我们公司的人？"

"说来，用你公司的人也行，但我就怕这个人向C区卖信息，绝密起见，我想这样好些。另外，廖里去成交，对你好交代，免得我俩日后生嫌。廖里的报酬，在我的佣金中支付，但你得出个聘书，给他个职位名称，再把这一百万先拨来作一般业务开支。柴哥清楚，层层级级的经办人是看着钱办事。"

柴邦听到她考虑得如此周密，心底由衷佩服这女人办事干练、心细，她开出的这些条件也就全同意了。接下来，两人商讨了资金准备和划拨等细节要求。双方都认同后，二人才分手。

这天晚上，胡薇把廖里叫到家里又商谈了半夜。数日后，柴邦的一百万到廖里的账上，为巨额资金顺利转到自己手里，廖里按胡薇的旨意到外地开办了两个矿山机械贸易公司，法人代表是廖里，但财会全是胡薇的心腹。

两月后的一个上午，柴邦按约来北湾与胡薇相会，二人自东西两地汇合在一条清冷的公路上，貌似错车相遇，胡薇的车头向东，柴邦的向西，但两车的驾座窗口却是敞开的。胡薇头倚车窗，对柴邦说："省厅的批文已下来了，市局不日即可下文到你们县局。你可叫县局打电话去问，消息证实后，你按这上面的单位和账号汇款，用途是购货款。"说完手从车窗伸出来，将一张折叠的打印纸递给柴邦，柴邦接过来郑重地揣进了公文包，嬉笑着说道："遵令。"

"汇款后不久即有好消息。"她笑盈盈地说完，扬起白皙的小手道个"拜拜"即一溜烟东去。

胡薇的车远去后，柴邦才下车来望了望她去的方向，怨道："自我紧张，特务似的。"接着从公文包里将她给的打印纸拿出来，想把它撕成纸絮抛向空中，刚撕一个口子，又觉得留着待县局打电话证实后再撕不迟。刚才他一听省厅的批文已到市局，就认定这 B 区已从政策上成为他连山煤矿的开采区，这事市县两级都不可能再改变了。既然如此，为什么还要花四千万的冤枉钱呢？就是胡薇找他理论，他认为也不理亏，因为当初承诺的一百万佣金早已兑现，而且有廖里可作证。想到这儿，他驱车直奔河西县国土局。电话里证实省厅的批文确实到市局了，欣喜若狂之下，拉着县局的主事人直奔北湾喝花酒。

一个星期过去，胡薇见柴邦未汇款，而且把手机关了，意识到对手变卦了。在家里和廖里从各个环节找原因，找来找去，认为自己在各个环节都没错，于是对廖里说："我们说细节决定成败，既然我们的细节没错，那就是对方在细节上弄错了。"

"那，你看怎么办?"

"既然我们没错，就应坚持下去。"她用手托着下巴忖思了一下，补充说，"对，坚持几天，我想他会打电话来的。"

几天后，柴邦见批文未下，有些着急了，打电话再问，回答是"待研究"，柴邦这才跺着脚暗叹："看来，舍不得孩子是套不住狼啊。"于是马上约胡薇面晤。胡薇把见面地点安排在廖里的办公室。

"我回去安排后，因胆结石住进了医院，没想到下面拖着未办，真是气死人。"一见面柴邦就假惺惺地对胡薇解释，又调过脸去冲廖里说，"你看，我这眼圈都还有点青。"

廖里心想，你这是酒色过度所致，骗谁呢。嘴上却什么也没说，一笑应之。

"柴总，"她装糊涂，说，"你生病我们理解，你若还想要这片矿区，叫你们财会明天就和廖主任一道汇款，因你违约，数额得按百分之九十汇，否则，人家只好拿给C区了，到时，你这一百万的佣金只好充廖主任的业务费了。"她面对柴邦说后，掉过头去对廖里说，"你说呢?"

廖里对她笑了一下，又转过脸来对柴邦说："柴总，那样的话，你干失一百万不说，我们胡总可是帮干忙了。"

柴邦对廖里说："这样，我这就去安排，明天一上班，我来接你一道去银行。"柴邦对廖里说完即告辞。

柴邦一出门，廖里和胡薇会心地笑了起来。

24

胡薇花了两个来月，将柴邦汇的款通过"洗"的方式转移到自己名下，这才让她基本上松了一口气。

接下来，她要考虑的是叫廖里远走高飞，这对她说来是不大情愿的，虽说廖里去了还有廖里第二可找，她总觉得这毕竟是自己用熟了的东西，但是又不能不让他离去。她最初和卯全安顿的这个代理人，一旦代理完成，这人就必须人间蒸发，这样，哪怕东窗事发，在代理人这里就断了线。眼下大发，想到完美的生理需得被宠，近日来也就不断地问自己："不走行吗？"为此思来想去，不单没找出不走的妙招，反而推论地认定：廖里现在不走，难保自己不"栽"在班房里。

在一个星期六晚，廖里像往常一样来和她过夜，按他俩的习惯，他到后，首先和她洗个鸳鸯澡。可这晚，廖里一进门，胡薇就对他说："我已经洗了，你去洗了澡来，我还有重要事和你谈。"

待他洗得差不多的时候，胡薇冲着浴室说："我给你买得有件花格子毛衣，在衣帽间的，你看合身不？"

室外虽是寒风刺骨，可屋内却暖和如春，所以，他在衬衣上套上这件毛衣，感到这毛衣花得雅致更觉得温暖在心。"姐，很合身的"他在穿衣镜面前大声说后，来到她面前，扯着毛衣笑眯眯地说，"这就谢姐了。"

廖里来到胡薇身前，胡薇虽是依然坐在沙发上，却伸出手将他的毛衣往下扯了两下，再叫他转过身去瞧了两眼，看到确实合身，才高兴地说："还可以。"

"姐，又有什么重要事？"

"我们跟柴邦的合作，我承诺给你一百万的佣金，我已经给你办成两个存折，现在你就拿去。"她说罢，指了指茶几上的两个红皮本。

廖里拿起一个存折本，打开一看，上面写着他的名字和五十万的数字，笑得嘴都合不拢，"嘀，姐，我当初还以为您是开玩笑的，嘀，想不到姐还真的兑了现，嘿嘿嘿。"

"我是这种人吗？倒是你们男人，老以'妇人之仁'来指责我们说话不算话，殊不知男人们自己却常常说话不算话，例如这回的柴邦，我都一一看在眼里，只想独吞不顾承诺，不要脸。"她接着把话一转，"只是你拿着这笔钱，须得马上离开这里，最好到外省去发展自己的事业。"

廖里听后愣了一下，吃惊地问："你叫我到外省，离开您，姐，我又做错了什么呀？"

"你没做错什么，而且做得十分出色。正因为如此，我得从你的人身安全着想，你必须马上离开前白，最好到外省去发展。"

廖里跪在胡薇面前，一边拽着她的大腿一边哭着说："不，姐，我不想离开你，这世上只有您对我情深似海，恩重如山，我要服侍您一辈子，您就打死我，我也不离开您。"

她听到这凄声的诉求，也感动得热泪盈眶，只差眼泪流出。但是，他这番动作和"一辈子"三个字，使她想起常侧和黄中发也这样说过。所以，她马上制止眼泪再涌，带着泪痕说："弟，我也舍不得你走啊，只是形势太残酷，弟和我都不能只顾感情不看形势逼人呀。"她用双手捧起廖里的泪脸，抹去他脸上的泪后，接着说，"你和我拿了这笔钱，你不走，姐又咋忍心让你落到班房里去。"

"姐，我的事有哪一件是坐牢的？就我俩的私事也不过是生活上的事。"廖里似有所悟地问，"哦，你说我们和柴邦的事？"

"我最近正为此反思了又反思，我们每一步都没问题，问题是柴邦那边，你看他处处不讲信誉。"她本要接着说，"现在还赖着人家四百万不给。"但突然意识到这无异于透底，于是改口说，"这就证明他那边的人都是只讲算计不顾朋友。这世间不管白道黑道，合伙生意只顾自家所得不顾朋友利益，最终是搬起石头砸自己的脚。所以，我们不能不早做提防。"

"姐，我们拿的是佣金，我们怕什么？"

"我们这是参与倒卖批文，而且整的是国家的钱，两个月就拿了一百年的工薪。法律上哪有这……"她说到这里，廖里忙用手蒙着她的嘴，他用眼神告诉她："明白了。"

廖里随即起身，一声不吭地去了洗衣房，她先是一怔，后来听到洗衣房传来洗涤声，于是也去洗衣房，见到他正在洗她的内衣内裤，想到这年多来，她的内衣内裤都是他亲手来洗。虽说有洗衣机，但他说这是他乐意服侍她的表示。如今临别，见他还忠心耿耿地做他的"分内事"，因此感动得流着泪说："弟，这些脏衣服就等姐自己来洗吧，姐想你陪着多坐一会儿。"

"姐，你可不要这样说，弟能闻姐的这身香汗，是弟的福气。等会，弟陪姐坐个够。"他嘴在说，双手却搓揉着内裤，而两眼闪着泪光……

黎明时分，他起床洗漱后，见她还沉睡不醒，本想叫醒她，见她睡得十分香，就不忍叫醒。但不辞而别显然不像话，廖里默坐在床边，看着这位睡美人浮想联翩，眼下，他感怀的不是她床上风月无限，而是她让他发了大财。他当初到她旗下，只想拿到一份"高管"的工薪，投入她怀抱，只望得到她的宠爱。发财，尤其是大发，他做梦都没想过。如今自己大发了，岂能不感恩？令他廖里最为感动的，是昨夜临睡前，还叫他今天去财会再领两万元，名目上叫出差预支，实际上，是她给他包的盘缠。于是，进而觉得自己是一个顶天立地的男子汉，彼此抹泪相离，不如书面告别阳刚些。于是伏案留言作别。

廖里在给胡薇留言时，胡薇正在做着永不忘怀的美梦，梦中说，她碰见明星刘晓庆，刘告诉她，自己已是亿万富婆，她感到自惭形秽，于是向刘发誓：这辈子也要做亿万富婆。为此去找卯全表哥，如何拓展更大发的路。突然间，一条大道出现在脚下，一座金光闪闪的金山出现在远方，她和卯全为之拼命奔去。

她醒来，躺在床上力求完整地回忆刚才的梦幻，不，她不认为是梦幻，认定是更大发的吉兆甚至视为行动指南。打扮完毕后，来到茶几旁才看到廖里留言：

尊敬的姐：

我走了，念及和您的恩恩爱爱，现在只有忠告以报。

近来老听你说起矿山开采，依据我的考察，这是一个血盆里抓饭吃的行业。按行业戒律，除了"不熟不做"，还要防止"贪多嚼不烂"，姐如从餐饮连锁店去发展，安稳同样挣大钱。是的，这不过是一个书生的愚见，但也是这个书生对姐的掏心示爱。

此致
敬礼

您的廖里

她看后，淡淡一笑，自言道："确实是书生愚见。"因此撕成碎片丢入马桶，在按冲水阀冲掉马桶的碎片时，那些旋涡中的碎片也在向她启示：得重新物色一个。

廖里走后一个月，胡薇为廖里出差未归专门召开两次部门经理会后，因百货站还隶属市供销社，故由市供销社的纪检部门在职工大会上宣布：廖里因拖欠公款外出未归，给予除名处理。

卯全听胡薇说后，当着她的面赞道："漂亮。"

他俩都认为，廖里这般蒸发，从此高枕无忧。

25

胡薇将廖里蒸发后，一方面静观柴邦方面进展正常与否，一方面从各种渠道探讨投资项目，为此每天都要抽一定的时间来读报。一天上午，她看《前白日报》虽无关心的商务信息，却无意中看到常侧的文章，在好奇心的驱使下，特别认真地读起来——

胡蜂叹

在热带雨林，一棵木棉树几乎都有一个黄猄蚁王国，这棵木棉树是这个王国的领地，树冠下也就是它们的经济专属区。这个王国不单有国王，还有总理兼国防司令负责发展经济和领地完整，也就是说，在和平时期，兵蚁就是工蚁，但到战争时期，工蚁也就是兵蚁。它们如此注视注重国防，是因为它们的领地和经济专属区常受外敌入侵。

瞧，胡蜂现在就闯入了它们的经济专属区，胡蜂在黄猄蚁面前虽是名副其实的巨无霸，但黄猄蚁边防巡逻队毫无畏惧地围了上去，蚁队长厉声厉色地向胡蜂发出警告："胡大，这是我国的经济专属区，你必须马上离开！"

胡蜂根本不在乎蚁兵们围上来，更没把巡逻队长的警告当回事。因为，这里有许多掉在地上的果子，掉在地上的果子自然发酵变成的糖汁和蛋白质。这，正是胡蜂的佳宴，所以，胡蜂听到警告后，不慌不忙地咽下可口的甜食，回道："小子，回去告诉你们国王，胡爷走到哪里，哪里就是我胡爷的经济专属区。"

蚁队长见胡蜂说后就只顾大口大口地吃，于是率领全队攻上去，兵蚁一围上去，只见胡蜂将翅膀轻轻一扇，一队兵蚁顿时便是死伤一地。通讯蚁一见大事不妙，马上报告国防司令。瞬间，黄猄蚁大部队从四面八方向胡蜂开来，并发起全面进攻，胡蜂见黄猄蚁潮水般涌来，只好把佳宴暂搁一边，全力迎敌。它知道，这些拥来的蚁兵都带有化学武器，也就是它们的利齿上都带有麻醉剂，自己的皮肤一旦被这利齿咬破，自己也就成为这个王国桌上的珍馐。所以，胡蜂面对兵蚁潮水般冲来，只将翅膀"嗡嗡"扇动，兵蚁便在"嚓嚓"声中粉身碎骨。

尽管蚁尸遍野，因蚁王御驾亲征，蚁司令督战，兵蚁毫无退势。双方正在进行殊死搏斗之际，但见天上密云突布，蚁司令向蚁王耳语几句，一见国王点头，忙下令歇战收兵。兵蚁退下后，蚁司令上前彬彬有礼地对胡蜂说："胡爷，对不起，我们打不过你，我们的美食该你吃，吃后还可带些回去。"

"我当然要带些回去，得让孩子们分享战利品。"胡蜂说后更加开心地吃起来，刚才实在是消耗了不少体能。

蚁司令收兵后，把部队全部潜伏在胡蜂附近的安全地带。这不是惧怕胡蜂，是怕来临的暴雨将部下冲刷走，同时，蚁司令还在寻找智取的机会。

暴风雨过后，侦察来报，胡蜂在雨中也不停地吃，如今翅膀已被打湿。蚁司令一声令下，众兵蚁将胡蜂团团围住后，只见两队精悍的兵蚁直奔胡峰的两只脚下，确切地说，是朝着胡蜂脚趾间、腋下奔去。胡蜂欲振翅扫敌，无奈湿透的翅膀再也无法扇动，加之吃得太多，沾糖的双脚也不再灵活。当双脚、腋下听任兵蚁们猛咬时，它恨自己太贪心，更后悔自己没有听取中国贪官的狱中反省。

胡蜂曾经阅读过好几个中国贪官的狱中反省，由于贪官们从前在人前皆是宣讲清廉的报告家，在人后却是贪污里手，胡蜂所以对中国贪官的后悔之言，总认为是用假话来换取减刑的手段。

现在轮到自己也因贪婪丧生而后悔时，也只有同样的叹息和临终话："唉——我不该这样葬送自己。"

　　胡薇开始读的时候，是欣赏常侧的奇思，读到一半儿，感觉常侧是在嫉妒她，读罢，又觉得这是在咒她，也就在心里骂道："这村儒还在咒我倒霉。"于是将报纸一撂，气愤地在屋里兜起圈子来，转了两圈，心气平定下来，想起卯全还是常侧有意介绍的，又觉得自己在错怪人："不对，人家根本不晓得我发了财，也就不存在嫉妒和咒我。"想到这在屋里又转了一圈，心生一计，笑着对自己说："没咒也说是咒，就借这个理，把这村儒召来玩一下。"

　　自从她认识卯全，常侧就不再沾她的身子，尤其是常侧用"吃洗脚水"来奚落她后，一想起常侧如此挖苦她，就觉得这个村儒厌恶。说是恨吧，说是也不是，在她说来，这恨也就是爱，说是爱吧，她越来越认为和男人说爱不过是为了雌激素极尽兴致。

　　想到常侧已用上了手机，随即翻出他的手机号码，第一次用这个号码打电话给他："侧呀，刚拜读了你发表在《前白日报》上的大作。哎哟哟，精彩极了。你近天得过来，我们得庆贺庆贺。"

　　"我下一个礼拜倒要进城，到时去拜访你。"他说后，得意自个儿不猴儿急了。

　　"那，到时和你认真探讨你这篇大作的内涵，拜拜。"

　　胡薇这电话给常侧两个惊喜，第一个惊喜是接这电话才晓得自己的文章发表了，尽管他在《前白日报》上发表文章已不是第一次，但过去都是些凑合诗，因自己是市文艺家协会的会员，不凑合着发表点东西，就怕同事不晓得他常侧是文艺家。如今，《胡蜂叹》能震惊市里，才是笔力豪赡的展示。第二个惊喜就是实在没想到《胡蜂叹》一发表就震惊前白市，是的，胡薇来电话就是文章震惊前白的证明，你想想，胡薇是个一不读书，二不看报的人，一头埋在生意上只知整钱，一个只知整钱的女人都在读《胡蜂叹》了，这不是《胡蜂叹》震惊市里又是什么？

再说他一听到自己的奇文发表了，并产生了震惊效应，马上去办公室翻报纸。因此走起路来都感到自己飘起飘起的，得意之下甚至有些忘乎其形起来。他明知道这报纸比市区要迟半天甚至一天才到学校，还是在同仁面前一边翻报查找一边埋怨："我们这地方太落后了，我的文章见报后，市里都闹着开研讨会了，报纸还没到作者手里。"

同仁们嘴上顺着他的话意恭维不已，心头却十分可怜他，因为他每次得到的稿费，只相当于一个苦力半天工钱。无怪有同事当着他说："你那喝西北风的扬名，顶个屁！"

若以钱来换算，常侧也晓得自己的文章如粪土，基于敝帚自珍，他才在同仁面前炫耀自己的文章在外看好。就个人旨趣来衡量，他的文章在他心里是实实在在的一字千金，尤其是文章发表后产生的得意劲、成就感，可是千金也买不来的。

令常侧更惊喜的是，这天晚上，无常也打着灯笼来祝贺他的文章发表，并约他到骆背楸下喝酒。

自无常唱着鬼歌和常侧分手后，常侧多次相约，无常都以公事繁忙推了，经土地菩萨提醒，无常才知常侧不仅不喜欢和贪者结交，还由物欲横流的世道联想起他无常的鬼歌，从此是心安理得教好自己的书，不再在"跑"与"送"上下工夫，身上如今所以一个长都不带。

常侧得知无常是奔着文章来，三杯下肚后，说："小弟这篇习作，只想听听老哥的高见。"

"有一点社会良知的笔触。"无常说后，捋着山羊胡子喝酒。

"就这一句呀？"

"一个撰稿人，笔下有这一点就不易了，我就怕兄弟的良心被狗吃了，甘当应声虫也。"

"老哥还是说点不足之处吧。"

"咳，兄弟上午已吹上天了，为兄岂敢胡言哉。"

"这就是老哥有所不知了，我们学校有一帮子伪师表，重创收轻创作，整钱和奸商无异，弟不得不撰文以示不随呀。"

无常端起杯来，郑重地说："兄弟知误悔前，恪守教书匠的德行，为兄敬你一杯。"

常侧听了这话，感动得泪如泉涌，将敬酒和热泪一同饮到肚里。无常惊愕地问这是为啥，常侧抹着泪笑起来回道："老哥，还是您理解兄弟，有些同事常讥笑我没本事，整不来钱，还说我被美人套了又被美人甩。"

"噫——"无常长长地叹了一口气，说，"只以物喜，必以己悲。"

"只以物喜，必以己悲。"常侧重复后，眉头紧锁地思忖起来。

无常捋着山羊胡子，若有所思地自问："被甩？"接着端起杯来认真地说，"兄弟，知耻而后勇，难呐。"

26

常侧认为，应邀谈论文章，胡薇肯定是满口的褒赞。尽管胡薇不是评论文章的行家，但好听话就是对他成就的肯定，他需要这样的肯定。所以，进城就去了太白酒楼。

"坐吧，文艺家先生，别老在屁股后面候着。"胡薇一边沏茶，一边对身后的常侧说。

常侧听了这话，先很诧异，因她去沏茶时就见他往单人沙发上入座的，一想："哦，是在拿我开涮，看来，是有个好心情了。"于是也笑嘻嘻地回道，"老总啊，常某候不着，早就远坐了。"

"嗬，我老了么？我还以为半老都不够呢。"

"嗳，胡薇，我可不是这个意思哟。"

她把一杯热茶放在他身边的茶几上，顺势用食指在他的额头上划了一下，一字一句地说道："听着，你就有这个意思，也休想诋毁我的青春依然。"

"哎，你叫我来，就是讨论这样的文章吗？"

胡薇在他斜对面坐下来，故意将脸一绷，跷起二郎腿说："提起你那篇狗屁文章，气得饭都吃不下，我倒要问你，你为什么写这些含沙射影的东西来咒我？"

"你凭啥说我这篇文章是咒你，我又凭什么咒你？"他很不服气地问。

"你不是影射我咒我，为什么不写马蜂写胡蜂呢？"

"哦，你说的是这个哟，我还真没想到你要拿这个来说事。"他说后，见她这时已把二郎腿放了下来，把身子向她靠近，说他写这类文章旨在探索人的本性，没有想过影射个人，"若说影射了谁，那定然是指贪官污吏。"

"何必呢？人家又没拿你的。"

"何必？你知道吗？就国际共识而言，一个腐败社会化的国家，正是全民道德耻辱感麻木的表现。这，是人家先进国家瞧不起的。以现代社会道德底线论，反腐反贪正是现代公民必须具备的道德素质，否则，就配不上做现代人。因此，常某今后还得朝着这方面撰稿发表。"他见她一直把脸阴着，也觉得自己没必要和她深谈这些，于是笑起来说，"既然胡总整钱之余已开始读书了，实在是一大进步。"

胡薇听到"开始读书"就很不舒服，付之一笑，觉得不能让这村儒看不起她，于是起身说："走，去看看我的总部办公室。"

总部的总经理办公室比太白酒楼的更大气更豪华，最大的区别还在这里的老板椅后面是一壁书橱，书橱里不单排列着一套又一套的业务丛书和法律法规，还有不少的经典著作，而且都是精装本。所以，常侧一走进这总经理办公室，典雅、文儒气氛就向他袭来，要不是女主人事先点明这屋的用途，他还以为来到某学者的书房。也正因女主人事先表明这屋的主人是谁，常侧除明白自己在先前说话伤了主人外，想到主人并无阅读习惯，感到这壁书在替这里的主人遮掩什么。因此，他看到书橱的抢眼处有一套《资本论》，上前抽出一本问道："这个书你也在读呀？"

"不求甚解地翻了一下。"胡薇笑盈盈地回道。

"我从没摸过这类经典，老马在这里面说了些啥？"

"记得书里有这样一句话：当人们看到那里有一至二倍的赚头时，人们就拼命地往那里跑；当人们看到那里有三倍四倍的赚头时，就命都不要地往那里跑。你看看，书的开头几篇里有这个意思没有？"

他翻开书点着头接着问："那书中还说了些啥？"

按她的读书习惯，一般是开头看两页，然后是中间和书尾看几页，可这套书，她看了个开篇就再没翻看了，因此，她急中生智，半开玩笑半认真地回答："笨蛋，人既是这副德性，能者在其间自是为资本的积累拼个你死我活，而没有能力的人在这中间摘不着葡萄故说酸。所以，《胡蜂叹》的真实立意不过如此。"

"哦——"常侧笑起来，意味深长地应了一声。他向来认为，和强词夺理的人争不出什么有价值的东西，也就完全没必要费舌。

这时，秘书来上茶，胡薇向秘书介绍道："这是我们市的文艺家常老师，今天可是特来考察本经理这个经济学硕士是不是真的。"

"经济学硕士，你明明是中专生，什么时候读的大学？"他私下自问，端起杯来转念一想，"现在的大学连'教授'职称都打包成'客座'来卖，硕士又算什么？更不要说报上还称她是儒商。"他因此一声不吭地端起杯来呷茶，待到秘书出去了，才嘻嘻笑起来说，"我刚才出言不逊，认为胡硕士只晓得整钱，看来，近年私下对胡硕士的担忧也是多余的。"

她听到"担忧"二字很感动，但没有表现出来，故作好奇地问：

"你担忧什么？"

"我总觉得，拥有钱财而没有情爱的人生是苍白的，没有情感的生活是枯燥的。"

"你这话不错，错在你的担忧是促狭的瞎猜，不妨宽泛地想想，珍爱自己不是爱？我为工作发狂，难道不是对经济发展充满感情？总有优秀男人往来，生活哪有什么枯燥呢？比如身边这男人，虽说财运平平，可文质却胜过一般猛男。"

常侧听后惊讶地白了她一眼，本想说："感情泛滥必将导向精神紊乱。"然而，他突然察觉这个极端自我主义者因有一堆廉价感情来写照生活的不专和多变，视多变为多彩，从而颠倒了价值公允。"那么，再和这样的女人谈感情，还有什么意思呢？"所以，他看着她只有发笑。

"喂，难道不是这样吗？"她用脚尖将他的脚尖碰了一下。

"我想冒昧地问你一句，"

胡薇见他欲说又止，催道："说吧，我俩还有什么话不好说呢。"

"你为何不再婚呢？我不配，再没有情投意合的？"

"哦，你问这个哟。"胡薇坦然从容地说，"记得在书上看到一个叫啥查理的思想家说，'人生本来就有许多的不满意或坎坷，何以要求婚姻一定要满意或十全十美呢？'我想，武则天、慈禧在男人死后和我一样——不再言婚，也是基于这个想法。"

"由此看来，"常侧嬉皮笑脸地附和道，"则天、慈禧、胡薇们的男人死了不再言婚，是嫁给了事业啰。"

"对对对，你说得太对了，真不愧是文艺家。"胡薇笑盈盈地说完，起身来说，"走，吃饭去。"

胡薇原想和常侧在职工食堂吃自助餐，念着常侧背地还担忧着她，就把二人餐安排在家里，并特别嘱咐秘书："按贵宾标准。"饭后，常侧说告辞，按她原来的想法，他吃了晚饭就应该走，但眼下想到他还在背后替她担忧，也就恳切地对他说："宿一晚，明天回去吧。"

要是原来的常侧，来见她就是想在这里过夜，但如今，他想到自己既然发誓和她断绝情人关系，就不能再和她厮混。于是起身来说："对不起，我不能再在你这里过夜了。"

胡薇看到他不受抬举，更觉得自己受到侮辱，气愤地问："为啥？"

尽管常侧看到她的两眼射出穿心的寒光，却嘻笑起来答道："我快结婚了。"

她厉声追问："你和谁结婚？"

他想了想，迟迟疑疑地回道："和——f妹。"

她一听这名字就火冒三丈，自己已经表示不发火，也就只好将恼火按捺在心，横眉怒目地看了他两眼，起身昂首叹道："天哪，真是不是冤家不聚首啊。"由f妹想到和柴邦的关系，身边这个男人曾经的深情厚爱呀，信誓旦旦呀，都不复存在了。自己若再留恋所谓的旧情，哪怕一丁点，都可能成为东窗事发的导火绳。想着即将着手的另一番事业和宠男拥有，毫不犹豫地掏出手机，当着常侧的面打电话给她的小车驾驶员："马上把车开过来，送常老师回郎西。"接着又很不是滋味地说，"没想到，简直没想到啊，常文艺的爱情誓言狗屁了。"

他听后，冷笑着瞅了她一眼，平静地回道："如果说世界上有一种情爱叫'无奈的爱'的话，这就是我常侧的爱。既是爱得无奈了，婚誓化成狗屁也是无可奈何的事。"

"那我的情，我的爱呢？"

"老实说，我还真不知'金钱至上'者的情爱究竟有多真。"

"哦，难怪藕断丝也断。"

"我想，我们还应该是同乡好友。"

她又想到f妹和柴邦的关系，于是笑着用了一大堆喜结良缘的世俗套话来祝福他和f妹。只是送他上车后，她一边向他挥手，一边在心里说："我才不稀罕呢。"

27

　　胡薇倒卖批文获得巨款后，不单一改过去的经营观念，财富观也更新了。过去认为自己的生意兴隆，是每月都有十来万的赢利，现在一纸批文就得了三四千万，证明自己过去确实做的是小本生意。一纸批文即成千万富婆，按前白人的说法是"十年难逢的金板凳"。

　　但是，胡薇看到柴邦晚于自己起家，眼下一出手就是三四千万，足见柴邦每年都逢着金板凳。比较让她得出这样一个道理：自己选择的是微利行业，也就只能获得微薄的积累，要想富甲一方，就得从事暴利行业。于是认为："做强做大应该在行业选择上，不应在行业的壮大发展上努力。若不是这样，那政府招商为什么特别青睐暴利行业？为什么不去努力扶持本土的微利行业呢？"

　　所以，她设眼线关注柴邦的同时，更在着眼煤的经营和矿山选择。

　　这一晃就是一年过去，她看到柴邦花天酒地地过着每一天，更看到新矿山在为柴邦日进斗金，顾虑也就基本解除。胡薇的顾虑一解除，亿万富婆的念头又从希望指向现实，财心在既有资本的鼓动下躁动起来，脑子里尽是买矿山的设想和卖煤的预设。她看好一片矿山后，由卯全着手拍卖，通过暗箱操作低价买下这片矿山。

就在她要吩咐属下去报名的时候，眼线却来告诉她："一个星期前，河西国土局的局长开会未回，现在证实，已被'双规'，今天上午，柴总在办公室被检察院的人带走。"

胡薇听到这话，犹同晴天一霹雳，喜悦顿失，愁云密布，眉头紧锁，心里的第一反应是："麻烦来了。"可嘴上却对眼线说，"他就是不听朋友劝啊。"

眼线听她有口无心地说后，见她目光恍惚，张口不言，老皱着眉额在忧思什么，只好问道："胡总，还有什么吩咐吗？"

"继续打听，有柴总的新情况就来吱一声。"

将眼线打发走后，胡薇首先取消了买矿山的计划，接着掏出手机想给卯全打个电话，可一拨卯全的电话号码，突然想到自己和卯全的电话都可能被检察院的监控，也就毫不犹豫地将手机关掉。想叫秘书去通知卯全，拿起话筒又"啪"的一声放下，心想："秘书本不晓得我和卯全有特殊关系，这时叫秘书去联系，难保不露一点马脚。不行，不能叫秘书联系。"可是，怎样才能把这坏消息尽快告知卯全呢？胡薇一时想不出办法，急得在屋里直跺脚，想来想去，想到了全嫂。"细节决定成败。"又在屋里徘徊中仔细考虑了一番后，才派一个亲信去见全嫂。

送信的一出门，她在沙发上本想安静一下，可没坐一会儿，总觉得屁股烧乎乎的很不舒服，只好站起来兜圈子。送信的人不过刚出总部大门，心里却想着这人应该见到了全嫂。眼前的每一秒钟在她的感觉里至少是一分钟，令人焦急的不仅仅是时间特长，空间也特别静寂，踱步中，她听到的"嗑——嗑"之声，感觉不是自己的高跟鞋发出来的，好像是门外传来的，而且，她听着听着，认为这"嗑——嗑"之声正是检察院的人在门外，不由得浑身哆嗦起来。为了听个究竟，她止步立定，确认门外无声也无人，认为是自己犯糊涂，自己也苦笑着摆了摆头，但她依然感到这"嗑——嗑"的脚步声潜在着莫名言状的惊惧，因而带着无限的怅惘躺在沙发上，虽似瘫了一般，但仍板着脸恶狠狠地告诫自己："镇静，切莫自己乱了方寸。"

她在沙发上本想闭眼安静一下，但眼一闭，恍恍惚惚之下，自己好似被检察院的带进了一间阴森森的黑房，令人惊恐打颤的，是"嗑——嗑"又在耳边响起，好在两眼一睁，原是秘书进门来。

秘书见她脸上愁云密布，一副焦急难耐的样子，和先前那春风得意的神态形成巨大的反差，十分吃惊地问："胡总，你生病了吗？"

胡薇从秘书一脸的惊讶和问话中意识到自己的表情十分糟糕，也就只好顺着秘书的话遮掩道："没什么，小有不适，你给我找两片感冒药来就行了。"

虽然没感冒，但吃两片感冒药大可掩盖自己的内心。吃完药，胡薇立即去洗手间纠正自己的形象。在洗手间的镜前，像影视导演要求角色表情那样调整好自己的表情，回到老板椅上，在秘书面前好像什么也没发生那样浏览起报纸来。但是，秘书还是从她那忧郁的眼神里，看出她遇到了不小的麻烦。

全嫂到后，只见胡薇向秘书和送信人使了个眼色，二人知趣地走开后，胡薇才把全嫂引到办公室的里间，全嫂一边就坐一边问："妹子，什么事呀？"

"也没啥？"胡薇故作镇静地说后，用手指拂着腮边的秀发笑了笑，才把嘴凑近全嫂的耳边悄声说，"刚才得到可靠消息，河西国土局的张局长被'双规'了，据说与表哥有一点牵连，我不便和表哥通话，你叫表哥下班后来太白酒楼会个面，我心中好有个底细。"

全嫂听后，脸上比进门时多了几分张皇，忐忑不安地问："这太白酒楼是个人来人往的纷繁之地，妹子何不找个偏僻的地方呀？"

"正因为在太白酒楼这个人员繁杂的地方，谈这类事人家才不注意。"胡薇接着说，"表哥一到大堂，就有人带他到面晤处的，表嫂只管放心就是了。"

全嫂细想这话，觉得胡薇的安排不错，也就点头应声带着一颗不安的心惊慌告辞。胡薇没把实情告诉全嫂，是因和卯全发生床第关系后，彼此为了套牢关系，许多事就不对全嫂实说了。

胡薇与卯全一见面，就叫他把手机掏出来，她接过他的手机，不由分说地将他的手机电池板拆下，然后将他的手机和电池板一并放在茶几上，才说："这样安全些。"

卯全一看茶几上，见她的手机电池板早已拆下。听胡薇将眼线的话——转告后，沉着冷静地回道："张局长被'双规'，我是前几天就晓得的，未料这柴邦今天也栽进去了。"

"张被'双规'，你为啥没吭一句呢？"她怨道。

"张喜欢豪赌和花酒，这回是和他们的分管副县长一道在外地吃花酒涉案，因豪赌立案，我觉得与我俩没关系，完全犯不着自找忧虑。"

"完全犯不着自找忧虑？那柴邦呢？"

"我们就说柴邦的批文有重大问题，就说廖里也归了案，追查下来，也是他们这伙人的责任，与我俩有何相关？你想想，这其中哪一道环节，哪一个记录上有我俩的一撇一捺？老实告诉你，就是追究我们市局的责任，也是分管局长的责任。当然，这就要我俩稳得住，切不可自乱手脚而自我跳到那个圈圈里。"

胡薇听了这番话，心头不再惶惶无主。不仅认为卯全分析透彻，就他的表情、语气也和过去一样——沉稳、持重，没有一点惊慌失措的举止。心里不再担忧自己被检察院的带走，也就不好意思地笑起来问："你是说我们根本用不着担忧这两个吐不吐啰？"

卯全本想说："他要吐，你担不担忧他都要吐。"但一想到要稳定她的心理，就微笑着说，"他越吐得多，自己就越背得多。"他面对着她问，"有事实依据可证明你和柴邦合伙搞批文吗？"见胡薇连连摆头，于是斩钉截铁地说，"对啰，既然没有，你怕什么？"

胡薇转过话题一说矿山暂且不买，卯全就表示赞同。二人接着针对这新情况达成了防范共识后，卯全叫她不要把这事挂在心头，将精力转到生意上去。"就是你的眼线来报，样子上你也只表现出对老友的极度关心。"

卯全起身时顺手将自己的手机和电池拿起来装上，胡薇也起身来难为情地问道："那，我们以后——"

"这段时间我们尽量少往来，有消息须勾通的，由你表嫂转就是了。"卯全握着她的手说后，像寻常食客那样离开太白酒楼。

卯全这话是她爱听的，性贿赂在她心目中从来就是交易，自己也就只能为交易结果操心。所以，他走后，她到大堂里遛了一趟，看到一切依旧，也觉得是"天下本无事，庸人自找忧"。但回到家里，又认为不大对劲：以往幽会，至少要狎玩一番才分手，而今天，彼此都没有这份欢心，这不是有事又是什么？

28

柴邦"栽"后，令胡薇痛苦不堪的是夜里难熬，确切地说，是夤夜难熬。在上半夜，她的夜生活和过去一样：不是和要好的姐妹相约在会所，就是独自去美容馆美容塑身，或是相好如期，或是宠男共时，虽说在这些时光里，欢心少了昔日的心安理得，但看上去却依然是在快乐里打发时光。只是下半夜，过去那一觉睡到大天亮的情况一点不再，不是辗转反侧的失眠，就是模模糊糊的睡态里和噩梦缠在一起。尽管她有时借助药物来安眠，然而，安眠的收效甚微，无奈之下想到神药两解，就去求助易大师。

易大师原叫刘八卦，也有人叫他刘端公，更名易经大师，是刘八卦看到"包装"与"炒作"乃当代社会的两大经济手段。跟同行打听出路数，拿《周易》旧注编成自己的论文，将这论文包着会费寄给一个叫"世界易经学会"的地方，不久就成为该学会的研究员兼理事，之后，便拿着这"世界易经学会"的证书证明自己是"易经大师"，因之渐渐被人们称为易大师，他的本姓反倒被人们所忘。

这个干瘪的老头自成为世界易经学会研究员后，在形象上也大为改观，发型上蓄成刘胡兰型，开始，邻里、家人都认为他蓄这种发型男不男，女不女的。但当他衣着汗衫来与这发型搭配时，人们又觉得他这个装扮更像个道法高深的八卦大师，因为前白道观里的真人也穿的是这种款式的乌衣。不久，唐装风行中国，前白人才大吃一惊：易大师衣着的汗衫原来叫唐装，于是，人们不单认可易大师的仙风道骨形象，更看到这位得道之人的衣着打扮也极具深厚的文化内涵。

如今的易大师在胡薇心目中就是神算子转世，还不在这形象的成功包装和名称炒作，而是他卜算如神。就拿和柴邦合伙预测来说，柴邦在付款耍鬼花招时，她找易大师来卜了一卦，曰："涣。"易大师在批章里有道："虽是有聚合自有涣散，然财亦有所归。"

事情后来一如易大师所测，叫胡总佩服得五体投地。

眼下，易大师前脚迈进总经理办公室，看到胡总立在屋中相迎，即双手打拱，彬彬有礼地叩问道："胡总好。"

"大师请坐。"她将他迎到客座的上座就坐后，亲自敬烟上茶，闲聊了一会儿，她躬着身子亲和地对他说："还请大师正坐一卜。"

刚才还有说有笑的易大师，一听主人有请，忙将笑脸收起，神情凝重地起身，迈着四方步直往胡薇办公的老板椅上走去。端坐后，一手从左衣兜里掏出一支黑色钢笔，一手从右衣兜里掏出几张朱红折纸，笔虽一般钢笔，可这纸却是一般办公室见不着的纸，在书法家那里叫"撒金笺"，在易大师们叫"专用卦笺"，笔纸都在老板桌上摆好后，易大师见胡总已在老板桌的下方就坐，才从右衣兜里掏出三枚古铜钱来递给胡总。胡总伸出双手恭恭敬敬地接过三枚铜钱，并将三枚铜钱合掌相捂。大师说这三枚铜钱是天地人的代表，问卦人合掌将这三枚铜钱相捂，正是天地人的预知感应。三枚古铜钱在胡总手中捂了一会儿，大师郑重问道："请问胡总，卜问何事？"

"有问近期运势如何？"胡总认真回道。

大师在卦笺上写下她的姓名和所问后，说："可摇了。"胡总就把合掌中的铜钱摇晃了三下，然后两掌一分，铜钱"咣"的一声落在桌面上。大师对着三枚铜钱的反面和正面看了一眼，便在卦笺上画一横，以后如是反复摇铜钱反复丢铜钱，笔在卦笺上或画一横或画两横。三枚铜钱"咣"了六次后，胡薇见大师在卦象旁写了一个"损"字，眉头随之紧锁，惊问："是大凶吗？"

这问，无异于告诉大师，卜卦人有凶事缠身。但大师还是依着行业的诚律：话不能说死。于是回道："从'检点行为则不损德'上讲，未必是凶象矣。"

尽管大师这样说，胡薇还是像受审者等待判决那样焦灼地期待着大师的"批章"，更紧紧盯着大师的笔动。易大师表面上在从容不迫地分析卦象，可心里也在想："近来没听说晟达公司有什么反常情况呀，这凶险从何说起？"这盘算不能说，煞有介事地分析起好的爻来：从眼下的"初九"爻得出与人合谋的事由，是刚才与这女人闲聊，得知她在发展上有些格外想法，也就确认"九二"爻是说"事业发展有凶险"，所以，"六三"爻说："三人行，则损一人，一人行，则得其发。"更使大师认证合伙发生内讧，二人合谋做了一事来损害了另一人，因而认定"这受损害的人，正是眼前这卜卦人。"据此，大师的结语本要写"大凶"二字的，想到"话宜二语双关"的行业潜规则。再复看，见"六四"爻有"使遄可喜"之象，即由受损害有贵人相救来作断章。

于是，大师告诉胡总："这事是三人合伙，两人同谋算计一人，虽说是大凶，贵人相助，检点不损德，卦象所以有'弗损益之'亦可喜矣。"接着又拿各爻分析来论证自己这结论。

胡薇听了神断，悬在心上的牵连之剑一下就没了，因为她和卯全谋算柴邦可是第三者不知的，大师能准确无误地测出，这不是神算又是什么？让胡总转忧为安的，是大师一再说这事有贵人搭救。她认为，在我们中国，就是犯下砍脑壳的事，只要有贵人相救，到头来最多是坐几天牢就了事。这不正是"弗损益之"亦可喜么！因此，胡总觉得神有所示，不宜多问，默记为上，于是，将早也准备好的两千元谢仪递到大师的卦笺旁。

大师面对这丰厚的谢仪惊喜地盯了一眼，一声道谢话后，并没有把钱揣进腰包，一边找些话来补充，一边将卦笺原样对折，再把对折的卦笺往谢仪上一盖，然后把三个古铜钱逐一捡放到卦笺上。这番举止，在甄姐看来是端，是摆，"一个打卦的，居然也端出仙家脸谱来，真是——"胡薇的看法相反，她认为这正是大师的风度所在。在易大师本人看来，一个世界级的大师，就是要摆出不在乎钱的态度，才表现出自己在展示道法。当然，谢仪丰不丰，他心里也不是不掂量，然而得与道法同掂量。比如眼前这一沓钱，虽说是市长一个月的工资，但以大师报酬论，这瞬间神断，可是自己修道几十年的法力，若无这千年道法的展示，对方绝无这谢仪从丰。

大师念其在同等主顾中，胡总是最慷慨的，所以收拾起法器和谢仪后，和胡总回到客座上喝茶时，比照商店的"买一送一"，在卦外送上一些消灾破解法："胡总哇，今年的西方可是你的克方呀，远行可要切忌哟。"

"南北方呢？"她认真地问。

大师抬起左手，摊开手掌，用拇指头在四指间掐了一番，回道："南方大利，不时走走，更是相生。"

大师如此授法，还在他认定胡薇在三人中是被损害的一人。这对胡薇说来，也不失为仙方一剂。因她原先选中的煤山就在西方，当初天天想着它大发，如今一想起来就心悸。南方，北湾可是在南方，这倒是她喜爱的消闲地。

易大师在告辞时，再三嘱咐："胡总哇，多检点则无损于德。"

她把这话听成"多检点则无损于得。"故而在以后的日子里，常拿柴邦的合作来核查。一天晚上，在核查中突然想起柴邦送别墅给她的事来，没想起还无所谓，一想起这事，是夜又是失眠又是噩梦不断。使她由衷暗赞易大师："神人啊，真是世间少有的神人。"

　　她为这事焦虑的，若自己就是这栋别墅的法定业主，这岂不是她胡薇与柴邦有染的铁证吗？她为此亲自去暗察，见无自己的名字，悬在心的剑才消失。这时，在心里对柴邦咒道："咳，想玩我，结果玩死自己。活该！"

　　到了第二天，如是再咒骂柴邦后，联想到自己还存在受牵连的可能，牵连之剑又在她的心头悬起来。

29

柴邦"栽"进去后，里面就有人私下警告他："要想从轻处理，该说的就说，不该说的就不要乱说。"他把同案后台的警告误以为胡薇在搭救他，批文一事就全推给县国土局。一年后，他被判三年刑，连山新矿区也因非法获取而被没收。

胡薇在柴邦未判前，几乎都是在提心吊胆和噩梦惊吓中度过每一天，除祈求这种灾难性的日子早点结束外，悔恨这样的"大发"给自己的日子带来无限的恐惧和不安，因此，她承包的百货批发站拍卖时，她也没参加，并在观世音面前许愿："若能躲过这一劫，以后就开好自己的酒楼，过好自己的安身日子。"

柴邦领刑后，她的侥幸之心在安静的日子里没有过活多久，内心的理性经不起外来欲望的引诱，亿万富婆的念头又在资本的鼓动下开始付诸行动。

起因于她有一天路过百货站，见百货站的旧房已被买家拆除并开始兴建新大楼，再看广告，才如梦初醒：人家买去原是做房地产开发。过两天，读报又看到房地产原是全国的暴利行业之首，于是后悔自己错失亿万富婆的良机。没过几天，她当选为市工商联执行委员，看到这执委会是个富豪实业展示会，自己台面上的实业远不如人。改变她这看法的，是会间休息，同是执委的房开商徐至到她对面就坐，这位四十多岁的胖男人和她就很随意地聊起来，"胡总哇，百货站那块地没买，实在可惜。"徐总说。

胡薇承认："那确实是个错误。"

"是资金抽不过来还是看走了眼？"

"这点钱嘛，倒是随时可以抽得出的。老实说，是我一根筋，目光局限在服务业，对房地产这一行想都没想过。"

百货站当时卖了千多万，徐总是知道的，也就意味着这女人拿千把万出来是没问题的。想到自己正缺钱，两眼顿时在睁大中放出明亮的光泽，笑起来说道："当然，当然，胡总要是现在感兴趣房地产，机会还是蛮多的。"

"兴趣倒是有一点，鉴于不熟不做，不敢贸然投资，有机会还得向你学习。"

徐总在暗喜之下，觉得还得探下去："胡总过谦了，如果确有兴趣，机会目前倒有一个。"

"呵，说来听听。"

他看到她急不可待的样子，从容回道："我旗下有个旺达斯项目，正在寻找合作伙伴，胡总会后不妨去考察一下。"

会后，胡薇会同徐总去见了旺达斯的马经理，这马经理是个三十出头的俊男，给胡薇的第一印象是内行、机灵。由于自己是外行，除听懂一比一的投资回报外，对徐马二人所说的行话是一头雾水，她表示了合作意向后，只好说改日派人细谈。以后的两天里，她一直把心思用在这方面的人选上，但对现有人员选来选去，虽选用了原百货站经理汪忠和公司主办会计甄姐，但她认为这两人都只能当助手，还需有一个懂行的人来当主角。办公室主任朱乔于是向她推荐："我有个表弟，叫冯焕，大学毕业后，就一直在佳城房开搞管理，因和老板搞不拢，想跳槽。"

一般说，和老板搞不拢的人，胡薇都不想用，但眼下正需要这样的内行，也就有了试用的念头，所以当下就通知来面谈。

冯焕的年纪和马经理差不多，也是中等身材，但不像马经理那样西装革履，衣着一件皱巴巴的夹克又不修边幅，加之不善言谈，和胡薇见面时，第一印象是不堪重用，所以，很随意地问道："听我们朱主任讲，冯经理想跳槽，不知出于什么原因。"

冯焕红着一张脸，慢吞吞地说："说来，我在佳城也快十年了，大小老板对我都好，报酬过得去，只是，人家是家族管理，我再努力也只能做小帮手，胡总喊我经理，其实我不是。"

胡薇原以为他要跳槽是工资低，想不到是没受重用。对他突然生出好感的，是看到他还红着一张脸。她认为，脸红不单是知羞耻的心理表现，更是有负责的心的说明。于是和悦地将旺达斯融资的事告诉了他后，说："我想请你代两个助手去考察该项目的合作可行性后，全权代表我去和他们谈判。这事成，你就担任我方的项目经理，不成，你来帮我兴办一个房开公司。"

冯焕应诺后即告辞，第三天到晟达上班时，冯焕一进总经理办公室，胡总指着单人沙发上的男人对他说："这是汪忠同志，他下步协助你的业务。"

汪忠的年纪、个头都和冯焕不相上下，只他一张嘴就歪，笑起来口型就变成"一捺"。冯焕和他握手自我介绍时，看到他条脸上的这"一捺"笑得十分勉强。冯焕之前已从表哥那里得知此人原是百货站的经理，如今成为经理的协助，难得开心笑也是人之常情。

胡总接下来指着坐在长沙发上的女士对冯焕说："这是甄姐，她协助你处理合作上的财务。"冯焕面对这位四十来岁的苗条女，描眉施粉的脸不单说明她好打扮，还写着成熟二字。冯焕知道，这个女人作为公司的主办会计，在合作上，不仅仅是财务上的协助。

冯焕明白了女主人的投资要求后，即带着这两个助手开展自己的工作。也不过十来个工作日，冯焕就向胡薇汇报工作。

以往，胡薇听下属汇报工作，都是端坐在老板椅上，这次，她和冯焕对坐在接待客人的沙发上。秘书给冯焕沏上一杯茶后，就主动离开了办公室。冯焕面对女主人认真地说："旺达斯这宗地，是一年前通过拍卖竞标所得，也就是说，这是一宗开发合法的土地。但是他们买受时只交了一千万，想的是以地盘去货款来启动项目，因交款不到地价的三分之一未能如愿。要启动，交地价加上城市配套费等，资金计一千万。因此，这一年来，他们都在找合作伙伴。"

"哦，原来是这样，难怪马经理……"她喜出望外地应后，跷起二郎腿来。

"再说，马经理也不是徐总的旗下，这一千万是他俩凑的。"他笑起来补充道，"徐总和马经理也就只有这一杆旗。"

她带着一脸的惊愕，放下二郎腿来探头盯着他问："你这是听说还是有事实依据？"

冯焕说了徐马二人合伙买这宗地的依据，并将打探这些依据的过程也一一讲了出来，令胡薇相信的是，这是汪忠和他一起去打探的。这消息不在她的考察范围内，她因此不单看出冯焕这人心细，还看到冯焕有洞察力，看问题尖锐不含糊。她认为，洞察力才是商人的制胜法宝。因此，她见冯焕两手的中指头和食指都被烟熏得焦黄，于是把茶几上的香烟推到他面前，并示意他："各自抽。"他没有抽，因表哥嘱咐过，"胡总讨厌烟鬼，茶几上的香烟不过是礼貌待客的摆设。但他抿了一口茶。

"这样说来，老徐原是百万富翁冒充亿万富豪哦。"

"如果说我的观察不出错的话，大多房开商都是打肿脸充胖子。"他端起杯来，抿了一口茶。

"嘿，这家伙，这种空壳，"她幸灾乐祸地说，"既是这样的圈套，我们就没必要再去钻了。"

"胡总，我倒认为这恰恰是我们的投资良机。"

"呵，是吗？谈谈你的看法。"

冯焕拿了许多房开事例来说明徐至这样做，其目的都是为项目融资，这在业内并不是什么坏心眼的事。"就从业品质而言，徐总和马经理原本都是从泥水匠到包工头，再由土建承包商到房地产商。我是说，他们是一步一个脚印走过来的，是两个可靠的合作伙伴。从市场调查来看，这个项目确实是个盈利项目。因此，我们投资一千万，两年内获取一千万的投资回报是没问题的。"

"他们拿什么来保证我们的投资及回报如期收回呢？"

"这方面，他们同意我们全程参与和有效掌控，我们已有一些初步方案来确保我们的投资及回报如期收回，汪经理和甄姐将有一个书面报告交你审定。"

"好吧，我看了以后，我们再来决定。"冯焕听到这话即起身告辞，令他由衷感到女主人体贴下属的是，胡薇也起身对他说，"你这些天也辛苦了，回去休息两天吧。"

胡薇通过这一席话，不单对项目和合伙的关键了然在心，就是对冯焕这个人也有了一个全新的认识，她认为冯焕不仅才干出色，品质也不错，因在这差不多三小时的交谈中，一个手不离烟的人居然没抽一口，也就认为这是严于律己的敬业者。尽管如此，她还是决定分别与汪忠和甄姐交谈后再说，这两人毕竟是自己的心腹。这次去考察项目前，她曾分别向汪甄二人交代，通过这事考察冯焕是干才还是耍嘴皮子的人。眼下，她得核实冯焕刚才所言有多少水分。

30

冯焕从胡薇处出来不久，便接到马经理的电话，说徐总有要事和他商量，双方约定在茶坊见，到约定的茶坊时，徐至已在雅间等他。徐至一见冯焕，笑逐颜开地离座招呼道："冯老弟，有请，有请。"

冯焕本要在徐至侧面的一把扶手椅上就座的，不料徐至从圈椅上起身一边手势一边说："老弟，请到这太师椅上坐。"

徐至说的太师椅，就是明式圈椅。冯焕按徐至的示意并排入座后，亲切问道："徐总，马哥没来呀？"

"马老弟有其他事。"徐至边说边敬烟，接着叫服务生上好茶："要明前雀舌。"

冯焕见徐至殷勤倍至，坐在典雅的明式圈椅上反倒不自在起来，一手握着扶手，另一手夹着烟抽一口便机械地靠近烟缸，徐至在吞云吐雾中将前些日的合作旧话捡来将气氛随和后，冯焕才问："马哥说徐总约我到这里来有要事商谈，不知徐总找我谈何事？"

"哦，是这样一桩礼节上的事，"徐至嘴上虽然一副满不在乎的样子，但这话说后，让屁股稍稍离座即把圈椅轻轻地向冯焕挪了一下，复坐后仍将上身倾向冯焕，说，"我今天向马老弟问起你们这些天的交谈，才知马老弟把你个人的事疏忽了。"

"我个人的什么事呀?"冯焕诧异地问。

徐至从容地回道："老弟是晓得的，我们这点不管是政府招商还是民间招商，通行的佣金是百分之三至五，我和马老弟商定，你老弟如果促成胡总这笔投资，我们拿百分之四的佣金给你老弟。老弟，你看如何?"

"我促成——这一千万的投资，你们——拿百分之四的佣金，给我?"冯焕惊讶地问后，心想，"这四十万，这可是我二十多年的工资呀!"

徐至见冯焕淡然一笑之后又将眉头一皱，认真说道："老弟费了神，哥们得有所表示呀。"

冯焕抽了两口烟，觉得这事毋管成不成，承认下来都不妥，也就平静地回道："就我这工薪族的条件而言，我确实需要钱，但是，我若要了这样的钱，难免生吃里爬外之嫌，所以，这佣金不能取，徐总这番美意，我心领了。"

"哪——"徐总手里的烟头上，那截长长的烟灰在他的失望声中掉到了地上，这是挪动圈椅后，只顾着谈话，任凭手上的香烟自烧，烟灰掉在地上也不觉，仍想着怎样让冯焕认可这份个人好处。他认为世间既有"人为财死"的定论，就不存在不为利益所动的人。若有不为利益所动的现象，那是方式不对，不是人不想受益。

冯焕见徐总脸上有张皇，还有所思，解释道："今下午我向胡总汇报我们的座谈结果时，我已竭力促合了，胡总说容她考虑几天再拍板，我看问题不大。"

尽管冯焕已经把话讲明，但是徐至认为这世上有许多事功亏一篑，就是促合人不使最后一把力。为冯焕这个促合人使尽最后一把力，徐总想出另一打算："这样吧，事成后，你去挂靠一家监理公司，我把这个项目的监理拿给你做，这于我们双方都有好处，我和胡总也丝毫未损。"

冯焕皱着眉抽了两口烟，觉得徐总这个打算不错，自己也有这个能力，到时顺手牵羊地挣个几十万，既安全又稳妥。所以爽快地承诺："徐总如此照顾我，我不会辜负徐总的。"

"对啰，"徐总眉欢眼笑地说，"老弟，这天下的钱，各自都找一点，才叫众人拾柴火焰高。"

二人接着拿相关话来聊了几句，冯焕借口有事先走，徐总舒坦地抽了一支烟才离开。

冯焕认为合伙不成问题，是他看到双方都有合作意愿。确实，胡薇从汪牛二人的汇报里确认冯焕所说无虚假，即与徐总签订了合作协议。之后，旺达斯项目顺利地展开，但是，项目开展不过半年，冯焕和汪忠产生矛盾并公开化。

汪忠任百货站经理时，在百货站可是他一人说了算，如今凡事都得听冯焕的，尤其是签字权旁落，心里也就日复一日地不平衡起来。有一天，冯焕在办公室当着众人的面安排汪忠去办一件小事，他当场就顶起嘴来："咦，冯焕，你称二两棉花去纺（访）一纺（访）哟，我在百货站也是提调百十二个人的一把手啊，你咋把我这个监军当夜壶来随随便便地提上提下嘞。"

冯焕听后心想："这民营企业，讲的是能者在职。"但一听到"监军"二字，不由得琢磨起来："监军，什么监军？"心里如是自问，马上意识到这汪忠原是胡薇派来监视他的人，恼火之下却假装糊涂地笑问左右："汪监军说的夜壶是什么东西？"

从此以后，冯焕也就不再安排汪忠的工作，胡薇晓得后，只好把汪忠调回公司来筹办房开公司。半年过去，房开公司的营业执照都没办到手，朱主任和冯焕闲聊这事，冯焕蔑视地说："叫这草包办，再过半年也办不到手。"

朱主任把这话转告胡薇，胡薇才问冯焕，不料冯焕毫无顾忌地回道："办房开公司，关键是资质认证。汪经理虽动用了胡总的人际关系，也没少请吃，但这种以小博大的手法，早已过时了。"

冯焕的这番指责，胡薇感到是在戳自己的心窝子，因为汪忠的手法皆她的示意，只是，在这事上，她偏没动用自己的人际关系，认为这是桩小事，犯不着去麻烦。但是她听后却按捺住性子，皮笑肉不笑地问道："那——按你的想法呢？"

"办这类事，通常的捷径是花个十来万，承包给主办人的亲友，不出三个月，包你拿到所有证照。"

"哦，看来我是该改变手法了。"

胡薇说这话时，卯全已调任市政府办公室副主任，卯主任亲自把这事交建设局长，不过两个月，晟昌房开公司的资质证书就到手。起先，冯焕以为胡总是采用了他的点子，很是得意，不久得知是政府要人督办，得意劲一下子消失。胡薇不是吝啬这十来万，她就是要让这个骄傲的下属知道，她胡薇的以小博大永不过时。

这以后，冯焕对晟昌房开公司的人与事，也不再像从前那样坦然以待，除心生看法外，旺达斯项目在冯焕的精心监理下，日见成效，徐马二人对他的赏识，大家在心里哥们起来。因此，徐马二人在新项目的开发上征求他的意见时，他竭力主张在老城区开发，二人对他再次以利益相许，使他在地产经营上死心塌地为旺达斯出谋划策。

晟昌房开公司成立后，也面临开发宗地的选择，不用胡薇选择的，是卯全向她透露一个天大的好消息，市政府要在城南建几个批发市场来带动南部新城的拓展，政府因此将出台一系列的优惠政策，包括土地优惠。胡薇一听到这消息，似乎看到一座金山等她去占领，想到冯焕和徐至打得火热，更怕这座金山被他人占领，也就始终避开冯焕，拿下了南端水果批发市场的一大块地皮后，才在公司的骨干会上宣布这事。与会者莫不欢欣鼓舞，唯独冯焕皮笑肉不笑地从屋中退向角落，埋头抽起香烟来，胡薇注意到冯焕有话窝在心头，所以提高嗓门问："冯经理，我想听听你这个行家的高见。"

"这是胡总的英明之举，固然不是一般房开商拿得到的。"冯焕的声音虽说依旧浑厚，只是尾音沙哑，胡总听起来不像冯焕的本音。但他赢得胡总开心的是，他笑眯眯地说："胡总，你眼下得了这块风水宝地，该请我们醉一回吧。"

"冯经理，你还不要说，我还真有这个安排。"

　　胡总这话一出，众人热烈欢呼。别看胡冯二人相言甚欢，各自的心底却带着不可调和的见解，胡薇的笑眼似乎在对冯焕说："我知道你不舒服本老板的以小博大，那又怎么样?"

　　冯焕的眼眯着女主人时，那眼神也像在说："你的以小博大不过如此，出水才看两腿泥。"

31

徐至得知胡薇低价买受南端市场的地皮，即约冯焕到茶坊会晤。这次，依然是徐至先到，冯焕后去。前次的"请坐""请太师椅上坐"等客气话没了，就是徐至脸上的笑意，在冯焕看来也是皮笑肉不笑。但是，冯焕却是笑眯眯地坐到和徐至并排的圈椅上。这时，徐至将茶几上的香烟往冯焕身边推了一下，算是敬烟了。冯焕对徐至微笑着点了个头，极随意地抽出一支吸了起来。

冯焕清晰地记得，前次他俩就是在这把椅子上，徐至可是亲手拿起烟盒，抽出一支来倾着身子微笑着向他冯焕敬烟，面对徐至的这一变化，冯焕只在心里提醒自己："谨慎待之。"漫不经心地抽了两口烟，才问："徐总今日相约，不知何事见告。"

"嘿，"徐至干咳了一声，似笑非笑地说道："老弟竭力劝我在老城区买天价地皮，我们还说继续购买老弟的智力耶，想不到老弟帮自己的东家在新区捡大便宜，看来，老弟真是心中分泾渭呀。"

"唷，徐总谈的是这个哟。胡总和徐总一样精于盘算，但她是外行，相信政府万能，真以为捡了天大的便宜，害怕你去抢了她这个便宜，才避开我，重用草包，去了新区。"冯焕列举了两个实例来证明自己没说假，接着说，"胡总捡这个便宜，恐怕要应我们常说的一句老话：'捡了便宜柴，烧了夹地火。'"

徐至见冯焕的态度依然如过去一样坦诚，不好意思地回道："哦，原来是这样，看来是为兄错怪老弟了。"

"不知者不为过。"冯焕说后，转头对徐至一笑。

"要是胡薇在地皮选择上听老弟的意见呢？"

"如果说她是善意的，我固然是建议她开发老城区。"

"为什么？依据何在？"

冯焕抽着烟，从容不迫地用一桩桩事例说明新区和老城区的开发利弊，最后跷起二郎腿来说："据我的长期观察，老城区的地皮虽高出新城区三四倍，但老城区的商铺却是新城区的八至十倍，老城区的住宅售价也比新区高一倍以上。这些，我前次已和马哥谈过。马哥应该和徐总去实地考察过的。"

"考察谈不上，我们不过是听取了老弟的高见。才在胡薇的开发取向上生疑，老弟不要另生他意就是了。"

"没什么，生点疑，能与徐总当面释疑，足见徐总是个可交之人。"

徐至觉得有必要再探胡薇为什么不重用冯焕，于是问道："喂，我就不明白，胡总在这等大事上避开老弟，仅仅是防我们吗？"

冯焕本想说："主要是和汪忠搞不拢，胡总信听了谗言。"但觉得这样说有可能两边都不讨好，想到和先前的话连贯，他呷了一口茶，将茶几上的香烟连盒握到手上，抽了一支来吸起后，才不慌不忙地说，"首先，如今的胡总不认为自己是外行，一个自以为是的人，在利益面前通常只看到利益而忽略了弊端。其次，据我表哥了解，是胡总见我和你们走得很近，怕你们把这商机抢了去。"

徐至听了这话，不认为冯焕是说来讨好他的，因冯焕说这些话时面带怨色，这种表情，徐至认为是装不出来的。于是说道："老弟呀，真想不到为兄连累了你。"

"也谈不上连累，人与人相处就是图个情投意合，和他们实在难处，走了就是。"冯焕说后，苦笑了一声。

"老弟何不过来与我们一起干，当我们的参谋，我们拿出一份策划股，老弟也当一回百万富翁，如何？"徐至说这话并非一时心血来潮，旺达斯项目的盈利也证明冯焕是个有管理能力和市场预测能力的人，先说购买冯焕的智力，就是在试探冯焕的心意。

徐至这话说在了冯焕的心坎上，本想到马上就承诺下来，又怕徐至反生歧义，于是慢吞吞回道："徐总的这番美意，我可以考虑，但徐总也再慎重考虑一下，如果认为我的这些话大致靠谱，也对冯某的人格信得过，我们改期再议。到时，冯某还可投个百来万的小股，权当信用保证。"

"好哇，这可是为兄巴不得的好事，有了老弟加盟，何尝又不是老虎身上生翅膀。看来，我就犯不着为老弟饯行了。"

"马哥可能忘了跟徐总讲，我近两月恐怕还不能离开旺达斯。"

"是什么事呀？"徐至吃惊地问。

"因为旺达斯方方面面的后遗症及善后事务，马哥需要我帮他一把，所以，我叫马哥在胡总方留一点尾款，把合作清算拖上两三个月。这，不是我吃里爬外，算是我们的前期合作有一个完满的始终。"

"好哇，老弟，这不仅是老弟想得周到，更是老弟讲义气。"

冯焕看到徐至一脸的喜悦久久不散，即认为徐至说的是真心话。二人接着就楼市的前景聊了一阵子，才离开茶坊。

冯焕埋头于旺达期的最终了结，胡薇看到自己的投资得到圆满的回报，不得不承认这其中有冯焕的一份功劳，想到合作之初，还是在冯焕的高见和鼓动下，自己才投资的，如今事实证明，冯焕确实是个干才。因此，她认为这样的干才不能让他人挖走，想到钱才能挽得住人，决定重用冯焕还须重奖。

为此，她又一次单独召见了冯焕。这次，她端坐在老板桌上方的老板椅上，面对走进办公室的冯焕，仅抬起右手来指老板桌的下方座椅说道："坐吧。"这让冯焕的心里生出卸磨杀驴的感觉。但胡薇对他这两年多的工作成绩表示肯定后，说特决定发给他两万元奖金。这让冯焕的嘴角生出一丝笑意。在她看来是冯焕心里喜悦的流露，就冯焕的笑意而言，则是笑老板不知好歹。冯焕生出这种看法，是这两年在徐至一方获得的各种收入就近百万元，比较之下，这区区两万元实在是微不足道。但是，冯焕清楚：这是老板最大方的表示了，也就意味深长地表示感谢："胡总去年年终已发了五千元的奖金，现在又是两大万，汪经理们恐怕更眼红了。"

"工作有特殊成绩，就应该发特殊奖，谁敢有意见。"胡总接着说，"冯经理呀，下步的工作，你肩上的担子就更重了。当然啰，你有这个能力担这个重担，担更重的担当然也就更应获得更高的报酬。我就担心呀，就怕你和汪经理在工作中扯皮。"

"不会的，胡总，至少在我这里不会和公司的老同志扯皮，更不会在位置上去争高论矮，我今天跟你作这个保证，今后会用行为来证明的，胡总。"

她听到他这一番话，虽不认为是肺腑之言，但她认定一点，二人同在重利的诱惑下，犹如二人同在冰窖里——不得不抱团取暖。于是就对他说："我想叫汪忠任项目经理，负责业务，你担任工程总指挥，负责技术。工资都提到副总经理级。"看到冯焕一脸的笑容，胡薇满以为是他发自内心的喜悦，于是对他说，"这个决定，我在下周一的骨干会上宣布后，你俩随即组建自己的人马。"

"胡总，我看这工程总指挥一职暂缓宣布，近几月我尽力协助汪经理工作就是了。"

她愣了一下，惊诧地问："为什么呀?"

"就旺达斯项目的合作而言，我是应回公司的，但在双方未彻底清算前，最好让我还留在旺达斯，如果没有记错的话，清算下来，徐总们还应补我们二三十万。"

她一听还有二三十万的收益，暗责自己粗心的同时，高兴地回道："好吧，我听你的。但你回公司后不是协助汪忠，是平行。"

　　她要冯焕与汪忠的权力平行，是她历来认为，平衡术正是防止尾大不调的良方。

32

胡薇和冯焕谈话后，即召汪忠到办公室。汪忠见东家端坐在长沙发上，自个就恭恭敬敬地坐在东家侧面，当听到东家要冯焕当工程总指挥时，脸阴了下来。东家一见汪忠脸色难看，很不高兴地责备道："怎么啦，这样容不得人呀？我看，你这个项目经理就成问题了。"

"东家，我担忧的是他容不得我哦，我就怕同朝为官互不相容，势必把东家的盘子搞烂苕。"东家对汪忠的信任，确因继廖里后，他是最为可心的乖巧者。所以一听这话，就是心腹堪用的感受。

"人家冯焕都说了，总指挥一职先不宣布，暂做你的助理，待他将旺达斯的事彻底了结，替我和对方清账后再宣布也不迟。这就足见冯焕这个人并无坏心眼。"

汪忠一听冯焕是他的助理，情不自禁地露出一脸的堆笑，舌尖蘸了糖似的回道："他这个人，东家说的是没错，是没坏心眼。前些时候比我们懂一点行，就自以为了不起，现在，他看到大家对房地产开发这行当都懂了，他那副教师爷的嘴脸要不起来了，偶尔要要也没得人看了。东家，您说，他这是何苦呢。"

"在行市上，你说的不错，只在经验上，冯焕还是比你强得多，我看，你还得学啊。"

"哎，东家，这搞房地产开发，不就是买土地、找人设计、建房卖房嘛。这回东家买得这块风水宝地，就证明许多搞房开的老雀就远差东家的道法高妙。"汪忠由衷认为东家计高他人，自个儿能为主子抬轿子，往往也就抬高了自己。

胡薇听了这话，心头乐滋滋的，她不认为汪忠是在拍马溜须，觉得眼前这小白脸道出了业内人士的普遍看法。她没有喜露于形，认为自己应该淡定以待，才不失一个优秀企业家的风采。所以，她平静地说："尤其在设计上，听说这其中的文章奥妙得很，这方面，你要学徐至们——多听冯焕的主张。"

"东家放心，我会和他多交换脑筋的，我们力争把这个，这个批给我们的积容率用尽。"

"是容积率不是积容率。"胡薇抢过话来纠正后，好笑地看了他一眼。

汪忠无所谓地接过胡薇的话："是，我们一定把这个容积率用尽。"

"当然，这是真金白银买来的，决不能浪费，一寸地也不能浪费，这方面，你得给我把好关。"

汪忠听出胡薇的格外信任，连连点头，看到胡薇一脸的高兴，觉得正是进言效忠的良机，于是若有所思地说："东家，我觉得我们对那些吃里爬外的东西还要防着点才是。"

这吃里爬外的人，是胡薇最不能容忍的，所以，一听汪忠这话即收起笑容问:"你发现了什么不对之处?"

"比如,冯焕搞靠挂给徐总们当监理,东家难道不认为这是个吃里爬外的人吗?"

"哦,你说这个哟,我派冯焕长驻旺达斯,就是全方位全权监督项目。这不算,你不要老盯着人家不放。"

汪忠本想向胡薇申辩,这监理和项目合作监督是两码事,不料东家这时伸出手来用食指指着他的太阳穴说:"这回,你要是不搞好团结,把这项目给我搞糟了,到时,被打进冷宫,就不要怪我手狠了。"

为了稳住胡薇的信任,汪忠回道:"东家放心,我汪忠不会把背篼背反的,我知道:要是把东家的事办砸了,就是搬起石头砸自己的脚。"

"那就去吧。"

汪忠回到自己的办公室后,脑子里所想的仍是如何排斥冯焕。这不是汪忠容不得人,在无利益冲突时,他和公司的人都是极和睦的,因而和许多和事佬都是至交好友,他现在认定晟昌有冯焕就无他汪忠,有他汪忠就没有冯焕,是他看到这一大批土建工程的承包大有回扣可吃,如让冯焕当上这工程总指挥,这回扣成全的百万富翁岂不就归冯焕了么,那,自己当这个项目经理还有什么意思呢?"那些当官的不惜余力争项目,也不就是有巨额回扣可图吗?"思来想去,好在冯焕近几月都是自己的助理,认为自己在这期间得将能做的做了,他冯焕到时就是总指挥也只能干助理的事。

随后的几个月里,这层贪念成为汪忠工作中加快开发步伐的动力，也由于心存这层贪念，凡事避开了冯焕。直至设计方案出来后，他趁胡薇不在市里的日子召集项目部的骨干开会，审定方案时才通知冯焕到会。

会上，汪忠说："这方案真漂亮，画似的。" 其他人也跟着说："嗬，真的漂亮。"冯焕先是忍不住想笑，最终忍住了，才紧锁起眉头来再瞧方案，慢慢地，整个脸由阴沉转向紧绷，愁眉苦脸地抽了两口烟，又将设计图看了几眼，长长地叹了一口气，才气呼呼地问汪忠："这个方案，是汪经理的安排，还是设计人员的本意？"

"嗳唷，冯大工程师，我哪能有这等本事去安排人家设计师嘞，我只不过是秉了东家的圣旨，要求设计的一定要把这容的个积率用尽，就是冒个嘴嘴也不妨。"

冯焕想到外行只想赚大钱而提高容积率，往往忽略户型的档次而得不偿失，本想说："这厨房和卫生间扎堆、小客厅、单阳台的设计也过时，这样的户型谁来买？"但一听到秉了东家的圣旨，也就认为说出来也是多余的，于是从衣袋里掏出一支烟来叨在嘴上，拿手上的烟屁股去吸燃后，撂了烟屁股才"哦"了一声。

汪忠见冯焕不再吭声，反倒觉得有些过意不去，于是笑嘻嘻地问道："你是内行，有什么看法就各自讲出来，我们这不是在会审嘛。"

冯焕看了汪忠一眼，心想："你这草包懂什么会审，"但一想拿着老板的工资，得尽自己的责任，于是冷笑着说："那你就告诉胡总和设计人员，就说我冯焕认为，这种厨卫扎堆的设计早就过时了，在最低程度上参照旺达斯。"

　　汪忠一听冯焕说设计方案"在最低程度上参照旺达斯"，就觉得这话无异于"得听我冯焕的"，心里十分反感："我一个项目经理干吗听你姓冯的，这是你领导我还是我领导你，你咋把这领导关系搞颠倒了呢，本经理的方案有你一个下属颠倒的吗?"想到这里，马上又告诫自己："大人有大量，小不忍则乱大谋。"故而连连点头回道："我一定把你这话向东家和设计师转告。"

　　冯焕认为自己已尽到了责，想到这草包凡事都在避着自己，觉得也没必要再去说三道四了。碰巧，旺达斯项目部这时打电话来问一桩小事，他就借此离开了晟达项目部。

　　冯焕一走，汪忠当着众人的面打电话给设计师："就按这方案做施工图。"这是让下属明白，这里由他汪忠拍板定夺。

　　胡薇回来后，汪忠把方案拿到总经理办公室，按照自己的意思向东家解释起来。

　　建筑师画在纸上的房子，在一个外行眼里，立体图看起来都是漂亮的，至于平面图，在胡薇眼里无非都是一些横来竖去的线条，所以，问道："冯焕的看法如何?"

　　"东家，这可是他和我一起在设计院和设计师摆布的，人家设计师在关节上都是要我们认可的。"

　　胡薇听汪忠这样一说，也就放心了，于是催道："那就抓紧审批后，好发包出去吧。"

　　汪忠听到东家这话，更不想在这总经理办公室多待，在连连点头中抱起方案就溜。

33

南端项目进入设计，汪忠便和工程承包商接触。他知道，工程发包虽是东家拍板，但是，他更清楚，东家是外行，发包无需公开竞标。这样一来，发包选择权就在他和冯焕手里。他认为，面对这个工程的巨额回扣，要冯焕不争回扣是说不走的。所以，前些时他考虑的是如何把冯焕避开，现在冯焕暂不就任，这发包权等于他独揽，意味着回扣已到嘴边。但是，他就是搞不明白："'人为财死，鸟为食亡'本是通天常理，冯焕这家伙为何不争反让呢?"

一天，他一人在办公室，沏好茶，在老板椅上又拿这问题来问自己，苦思冥想之下，竟端起热烫的茶就喝，谁知茶水太烫，口腔被烫而不得不"扑"的一声将口中茶水吐出。这一烫一吐使他突有所悟："哦，冯焕这家伙不争反让，是退在一边来盯我的梢，让我放松警惕，到时逮我个正着，借东家的手将我除之乎，然后安安然然地吃独食。这等心肠，何其毒也。"

汪忠虽然认为冯焕将在背后下毒手，但面对上百万的回扣，他没有因此而退却，利益驱使下，他很快找到了解决这个问题的法子，而且认定是最为安全的办法。这就是自己掌握好手中选择权，以自己的选择权来驾空或绑架东家的决定权，这样一来，利益归己，责任却落到东家头上了。冯焕等人就是插手，又能捞到什么？

汪忠正得意自己的回扣谋略时，让他做梦没想到，冯焕在旺达斯的合作结束第二天，向胡薇提出了辞职，而且是将辞职书递给他汪忠，要他汪忠转交胡总。

汪忠在接到冯焕的辞职书这一刻，掩不住内心的惊喜，本想说两句挽留冯焕的客气话，但是又怕冯焕一听他的挽留话便将辞职书收回，也就只好嬉皮笑脸地问道："怎么，冯大工程师有了好去处呐？"

"哎。"冯焕应声后，觉得和这个草包没有多言的必要，向他做了个鬼脸即离去。

"嘿，原是这样一条屌人，枉自读了个大学。"汪忠对着冯焕留在门外的半边背影说，把冯焕的辞职书看了一遍，高兴万分地伸了个懒腰，自言道："看来，这条屌人只知耍他的技术权威。"马上，他认为冯焕的辞职也就意味着自己的财运确实到来，那么，在这看到运兆祥瑞之时，汪忠觉得自己应该有一点庆喜的表示才是，"以什么方式来庆喜？"他抽出一支香烟吸起来，"哇，好消息连连，连眼下吸的烟都特别的香、特别的爽！"猛吸了两口，才在尼古丁的提神中想到村里的财神庙："看来，改天得回去跟财神爷上炷香。"

按说，冯焕应把辞职书送到公司办公室主任手里，但冯焕害怕表哥挽留不接受，所以才交给汪忠来转。汪忠接到冯焕的辞职书，说来也应呈送到办公室朱主任手里，但汪忠一想到朱主任和冯焕是表兄弟，又恐怕朱主任一见表弟的辞职书就扣压下来反去挽留，于是直接送到东家手里。

胡薇皱着眉头看了两遍，辞职书上说，"旺达斯的工作已圆满结束，当辞去项目经理，因个人原因，也不宜再任新的职责。"看完，生硬地问汪忠："你俩最近又闹矛盾了呀？"

"没有，没有，"他接着补充道："东家，我们最近处得很融洽的，要是扯皮的话，他怎会把这辞职书叫我来转交呢？"

东家也觉得他说的是大实话，于是和软地问："他辞职的内因就没跟你透一点吗？"

"这事他倒跟我说了一点，他说，'我们帮人的人，是千家门户的客，哪里工资高就往哪点走。'"汪忠觉得这话又给东家挽留冯焕提供了线索，于是赶快补充道，"他还说，关键是东家这点层层严把关，处处细审查，没得外快可捞，也没得其他好混。"

汪忠原以为东家听后会十分恼火地咒冯焕这个不识抬举的家伙，他万没想到听他说后，东家只冷笑了两声。

"东家，他冯焕先前不高就总指挥一职，说明这个不识抬举的东西早有他图，留在我们晟达，也是身在曹营心在汉。"

胡薇听了汪忠这话，又是两声冷笑后，才说："你去吧，容我酌量酌量，回头再来商定。"

胡薇听了汪忠的话没有恼火，一听是自己的管理严，嫌工资低才离开的，也就认为这事好办了。因之待汪忠一走，即把朱主任召来，说了冯焕辞职及原因，要朱乔速去把冯焕挽留住。

朱乔带着老板的示意，当晚即去了冯焕家。其时，冯焕正在为合伙的新项目作开发分析，一见表哥登门，马上放下手中活儿来热情接待，两老表在烟茶间对坐下来，朱乔就毫不客气地问道："辞职咋不事先吱一声？"

"跟你说了反而不好，老板多疑，会认为我两老表商量好了整她。那——你以后和老板更不好处。"

"非走不可吗？"表哥接着说，"老板说了，工资矮了可以加高，与汪忠和不拢，工作不好进行，可以从责、权、利到机构上分成两个独立单位。"

"我走，与薪水不太相关，也与合得来合不来不大相联，因我自己的事需自己料理。你代我道谢老板这般抬爱。"

"你自己有什么事比拿高薪更重要？"

"我现在已是徐至们的合伙人，虽是小股，但好歹已是股东之一。"表弟说后，得意地笑起来给表哥敬烟。

"哦，大小都是老板哪。"

"哎。"冯焕笑起来应道。

表哥若有所思地吸好烟后，问："你就不能两边都挂起来搞吗？向老板挑明了，拿双份工资不是更好吗？"

"不行！这事我考虑过。"

"有啥不行？"表哥厉声问道。

表弟本要说："我听说干事业的人，决不谋求没有社会效益的利益。更不想在回扣上去败坏自己的品质。"但一想到这话可能伤及表哥，马上改口说，"我近来终于明白，我和胡老板毕竟不是一个道上的人。"表弟接着解释道，"我在大学选定志向那一天起，就只想从事自己择定的事业，而胡老板是只搞项目的人。至于汪忠，一个成事不足坏事有余的草包罢了。"

"呵，"朱乔干笑了一声，好奇地问道："这干事业和搞项目有区别吗？"

"事业和项目的区别可大了，这干事业的人，旨在专一更敬业，无论其事业是成功还是失败，是大还是小，他都始终抱着敬业精神从之，即令是一败再败，也锲而不舍甚至生死与共。这搞项目的人，时而干这，时而干那，不分行业界线，只认是否有利，不知敬业精神为何物，常怀以小博大的赌徒心态，赢了，不可一世，输了，人格和灵魂都可拿去卖。"

"好了，好了，"表哥不耐烦地说，"你这些理论拿到你那些朋友中去销售好了。说实用一点，我觉得胡老板还是挺看重你的，就说报酬吧，你的工资是副总级，奖金可是我们的十倍呀，表弟，你咋就不受抬举嘞。"

"大表哥，"表弟本想说，"我帮胡老板挣一千万得二万五千元奖金，可帮徐老板多挣一千得的是五十万奖金，这其中却是二十倍呀。"但话到嘴边，觉得不妥，又想说，"这不是不受抬举，晟昌地产从盘地到设计，在内行眼里都是一副败北相，我不能为几个工资把自己陷到不利的困境中。"但一想到表哥可能向老板和盘托出，觉得不如装迁，故而也干笑两声说，"表哥就跟胡老板说，我是个固执人，只想干我想干的事。"

朱乔看再说也是多余的，只好告辞。

就朱主任的内心而言，也同老板一样，认为房地产开发是有赢无输的生意，至于冯焕说事业与项目有本质不同的区分，那是扯淡，因为当下中国，从政府到企业，谁不是在削尖脑壳地争取"立项"，怎能说这不是伟大的事业呢？想到这里，觉得他本人也应趁机到项目部捞一点，因为他这个办公室主任的权力比不得廖里，就相当于秘书而已，所以，朱主任就照着冯焕的书生说加上本人意愿说与老板。

胡薇当即的态度是："这世间除了他姓冯的，难道就没懂这工程管理的吗？"

34

  胡薇派朱主任去挽留冯焕，是出于权力制衡需要，朱乔一出门，她就在考虑冯焕不回来的预案。当她听了朱乔的回话后，只冷笑着说："难道离了张屠夫就吃混毛肉？"

  "当然不是，您胡总在什么时候靠的都是自身的力量。"朱乔迎合地说后，眼睁睁地候着老板的下文。

  "一道篱笆三个桩，现在南端那边少了一个桩，你就去补上吧，让冯焕当你的义务顾问好了。"胡老板说完，得意地笑了起来。

  老板的这一安排虽是朱乔心头渴望的，但朱乔觉得自己应客套地推让一下，才显得自己礼让不饿狼，他想说："胡总，这副重担我恐怕担不起哟。"但又怕这话一说出，老板收回成命，这岂不是将到口的肉又让他人叼走？只好回道，"叫冯焕当义务顾问倒是没问题的，只是我把这副重担担起来后，也只能帮胡总干些守办公室、跑腿、盯梢等具体工作，在原则大要上，你得帮我拿捏。"

  这话老板爱听，也是老板正要给他的权限。所以胡薇满心乐意地说："汪忠在旺达斯搞过一阵子，管工程方面倒还比较内行，所以，让他任工程总指挥，你去把项目部的经营主管担起来，但对工程方面却负有监督责任。项目部的工作指导，我请了省里最好的策划部门来帮我们搞经营策划。那些策划师满脑子的西方理念，呱呱叫的高级理财人物。我听了人家的一番话后，人家的铁狗儿变金猫的手法，我看不亚于仙人点石成金的法术。人家不仅仅是为我们做平面策划，还要帮我们向买房人讲课，使那些不想买房的人动心不已，想买房又犹豫的人毅然决然地认购。当然，我们也得全力配合，积极行动。我把这个纲给你定了，你还得把目给我张起来。"

老板说这些话时，不单脸上喜气洋洋，两眼也不时闪射出珠光。这在朱乔看来，正是老板财气鸿发之兆。这兆头令朱乔醉心，他由衷感到老板这财运鸿发的气色犹一束神光，投向哪里，哪里就沾满光泽。这不，正因老板的目光多次和他的两眼对应，使他感到自己就是沾光者，他的眼球故而不时发出浮光。相面者说这种浮光带贼气，要在情场，老板也有这种感受，眼下是在向下属交代工作，她认为这溜来的眼色正是沾光者诚惶诚恐的表现，因之对朱乔的态度是严肃中带和蔼。朱乔更加感到老板的重望和信任，所以和老板就项目部的组建谈了梗概后，告辞时带着感激的声调表示："胡总既有这高人一筹的安排，我决不辜负胡总的抬举。"

汪忠对东家的这一调整欣喜若狂，但他原订的对策依旧力行。并且警告自己："朱乔虽是外行，但对公司的人事比冯焕精明，对收受个人好处方面比冯焕更霸道，更会'管、卡、要'，""敬供不论大小，只要来得热乎。"是公司员工都熟知的"朱乔卡要法"。如今朱乔这项目经理要捡的个人好处，在汪忠看来不过是回扣中的残渣。汪忠也就给自己订下索取要则："必须放弃小的，索取大的。放弃回扣的残渣，自己在东家面前还可捡得个'清白'。"

皆大欢喜的组合成立后，朱乔才去与冯焕面晤，虽是下班后去冯家，但他认为这是工作不是串门走亲戚，所以衣着上仍是上班的西装革履。心理也有些变化，这项目部经理和办公室主任虽属同级，但朱乔认为自己有似京官成封疆大吏——实权在握，既是实权在握，工作中就应给人以庄重、正派的形象，因此，不仅在着装上，就是走路，他也学电视剧中的清朝官员——走四方步来展示自己的行为庄重。驾车的感觉也不同了，以往开轿车，多是接送他人，别人的致谢也不过是对一个车夫的致谢，眼下虽然也是自驾，这在项目部甚至工程指挥部的下属眼里，是"领导自己开车"或叫"头自驾车"，这在心理上就产生了"主仆关系"到"我自作主"的地位变化。叫朱乔最是得意的，他这些变化一展示在表弟面前，即受到表弟的高看。

冯焕一看到他穿着上班时的着装驾车来，还以为他是送人后顺路来叙，所以问道："大表哥还没下班呀？"

"下班了噻，"朱习惯地说后，马上叫苦地补充道，"哎呀，表弟呀，老板叫我把项目部经理这一角干起来，近来的下班时间也在上班呀，这不，我这会就是为项目部的事来找表弟呀。"他接着就把南端的人事变化向冯焕和盘托出。

冯焕听到汪总指挥正在按设计图大干快上，眉头为之一皱，心想："大凡战略取向走偏，不管请什么天师来作战术谋划，其努力无非是南辕北辙。"因此，很想告诉表哥，"南端项目的致命处在施工图导向发展蓝图糟糕，若不改变，晟昌极可能变不昌。"亦想到这不是表哥能办的事，也不是表哥职责内的事，也就半开玩笑半认真地说，"你看，你看你大表哥前几天还来挽我回去，我要是回去了，还有你大表哥的这份肥差吗？"

"表弟啊，我这个外行来任这个责，人家可是看着我有你这个表弟才任命的啊，你得尽心尽力地帮我哟，我要是下不了台，你也难得一个清静。"

冯焕一听这话，也认真回道："那，你得听我的。再是，我也只能从你的职责内给你出主意。"冯焕见表哥连连点头，就极为认真地说，"你切莫相信策划有什么点石成金的手法，我们都得清楚：坑蒙拐骗中，把铁狗儿说成金猫是常有的事，但在一桩桩诚实交易里，要把铁狗儿卖成金猫的价钱，确是极其少有事。"

"你是说，我们的南端项目不是金猫，原不过一个铁狗儿？"表哥问后，笑了起来，心想，"难道只有你做的才是金猫？"

表弟虽看到表哥的笑脸上似写着"我才不信"，但还是耐心地解释说："打个比方吧，你们南端地皮就好像一段布料，按你们的意愿和策划的市价，是要做成一套品牌西装，可现在被汪忠裁剪制成一套工人穿的工作服，这样一来，这套工作服还能卖西装的价钱吗？"

　　表哥听后，不以为然地问道："既然设计的是西服，怎么会做成工作服呢？合同上不是分明写有'按图施工，不得有误'吗？表弟，我看你是不是对汪忠的成见太深了。"

　　表弟听后，发愣地看着表哥，心想："这家伙与汪忠伙在一起咋就成为一丘之貉呢？咋就连个比喻也听不进去了呢？"突然觉察："同样财迷心窍，成一路货色也是人之常情。"也就只好语焉不详地附和道，"当然，这或许是我们的成见之故。"

　　朱乔见话不投机，只好告辞。他没把这些交谈及时向老板转告，他看到老板早就不是太白酒店时候的老板，老板如今跟古代皇帝一样好大喜功，最爱听好听话，对于不太顺耳的话，已经听不进去了。一个下属在好大喜功的上司面前说上司不爱听的话，也意味着自找麻烦，因此，他得重新编造老板爱听的话。

　　几天后，他去向老板汇报这事，为了显示自己对上司的敬畏以及对工作的积极，还在距总经理办公室门口还有三四米时，他马上改四方步为小快步，直趋老板面前，日常汇报后，说道："昨晚，冯焕来我家里，就我们南端项目的事，我也摸了摸他的看法。"

　　"谈来听听。"老板十分有兴致地说。

　　"他是得知我负责南端项目部后特来表示祝贺，我就借此向他谈了你对项目部工作的原则要求，以及这一要求下的几个重要的安排部署，并望他站在我的角度谈谈这些部署的不足。谁知他听后，呼呼地吸了好几口烟，才对我说：'人家胡总请了省里的高人来策划，在经营炒作方面如此着眼，可以说是高招悉备，我还能提什么意见。'"

"一点意见都没有吗？不可能吧？"老板问后，两颗眼球仍盯着朱乔。这次，老板还真想听听冯焕的不同意见，原因是购得南端地皮以来，听到的几乎都是恭维话，觉得有些不大对劲。

"怨言，俏皮话当然有，但在我听来，无非出于嫉妒，这也从一个侧面证明公司对项目部的原则要求的正确性，所以，我认为，在您的决策下，走自己的路，让爱说废话的尽管说去。"

老板听后，微笑起来点了点头。

35

　　胡薇不管朱乔说的是真还是假，在房地产开发运作上，她照搬旺达斯的做法，亦即用手上的款把地皮弄到自己手里，土建由建筑承包商垫资到主体完成，然后用预售房款来支承包商的垫资。这一操作，很多细节说来还是从汪忠那里得来的。汪忠出于回扣最大化，对东家的开发行为和意图心领神会，结合自己的想法将工程发包发挥到极致，南端项目的土建因而全面铺开。

　　春初，昔日一片死寂的荒地，在一夜之间变成热闹非凡的施工现场。让朱乔感受良深的是，他和汪忠一走进这施工现场，即有一群施工头目前呼后拥地和他们走在一起，对他俩恭敬不已，使他感到权势在身，每动一步都有似被人抬着走——不高高在上简直不行。为此，朱乔专程跑到冯焕家，一见冯焕就说道："嗬，不得了，汪忠这个人确实不得了。"

　　冯焕看到大表哥一脸的兴奋和惊喜，好笑地问："汪忠要了啥把戏？把大表哥都弄疯了。"

　　朱乔得意洋洋地将施工现场的情况告诉冯焕后，反问道："人家汪忠就凭三寸不烂之舌就招来两个建筑公司，我们没出一分钱，人家乙方就在那片不毛之地上热火朝天地干起花儿开，那一派大干快上的架势，能说汪忠不是大手笔？"

"你们的承包合同上有一条，也就是你们甲方到时不能将工程款兑现，乙方可是按建筑成本收购所建的房子来抵工程款，地价因此成零，这倒近似'马关条约'那样的大手笔。"

"表弟多虑了，实在是多虑了。"朱乔认真解释说，"策划师做过市场调查，和我们老板也认真推敲过，到那时，我们的房子都预售得差不多了，付这工程款是完全不成问题的。"

冯焕本想指出："这样的项目分两期动工才是稳妥的做法。"听大表哥如是一说，对自己的预测也有些拿不定了，也就觉得事不关己，顺着大表哥的话应酬至少不伤和气，故而嬉皮笑脸地把话扯到抽烟上，"还是大表哥这软包装'中华烟'抽起来顺口得多。"

"这是人家乙方孝敬的，我哪里买得起这号烟。这点好处都不捡，还像啥项目经理。"朱说后即告辞，是他看到冯焕眉眼间不时紧锁，还以为冯焕的项目遇到了麻烦。

冯焕见朱旋风似的来，又旋风似的离开，以为大表哥是顺路来自夸，所以望着朱的背影，好笑地说道："到年底，你还这样得意吗？"

到了年底，南端项目部展开售房宣传，朱乔和员工在策划师的指导下成天忙于售房宣传，呈现出生意兴盛的大好形势。但是，老板却经历了第一个经济严寒。"五通一平"的承包商按合同清算说来已是预定中的事，只是这一年的杂项支出大大超出胡薇的预料，手上也无资金支当，卯全在这个节骨眼上调离政协，已无权可使，迫使老板把太白酒楼的产权拿去作贷款抵押，才度过了这个年关。

虽是举贷，但到售房中心看房的人却是一茬又一茬，虽说这里的看房实际就是看沙盘和听课，大伙却认为这正是售房"炒"起来了的好兆头，所以，胡薇和公司员工都满怀希望地度过了春节。大出所望的是，进入来年的秋季，到了该售房的时候，售房中心门可罗雀，难得见到一个买房人，胡薇和她的员工都难得有一个笑脸，让老板整天揪心的，还不是整个房开的日常开支靠民间高利贷来度过，而是数额巨大的工程款在年底须得兑现。

在公司的营销讨论会上，汪忠说："我们工程指挥部的工作嘛，按东家的部署已完成了十之八九，这下就看朱经理了，朱经理呀，你得保证我们工程上的票子兑现呀，不然，我们大家都不好过年呐。"

这一年来，因为利益争夺，朱和汪在暗中时不时地斗角，朱眼下听对手这样一说，心想："你把利捞够了，想把责任推给我，那我就叫你兜着走。"故而白了汪忠一眼，哀声说道，"我们的售房工作，是按策划师的安排展开的。"他向老板递了个眼色后才说，"至于今后具体怎么做，还请策划师说说。"

策划师却兴致勃勃地说："我们搞了一年多的活动，下月进入'金九银十'，定会迎来销售兴旺的局面。"

策划师这样一说，给在场人的脸上注入一丝安慰，大伙心里又燃起新的希望。胡薇因之说了一大堆激励下属的话来喜迎"金九银十"。会后，朱乔离开总经理办公室后不久，待他人都散去，又回到总经理办公室，胡薇一见他回来，把他引到待客处，二人在沙发上促膝坐下后，胡薇才认真地说："心头有话就倒出来吧。"

"最近听到一些看房的说，他们原想买我们的商铺，现在都不买了，原因是我们这市场不配套，没有冷库等等设施，据说政府也另有考虑，这水果市场不一定搬得过来。"

"这话是什么时候听到的?"她吃惊地问。

"最近这一个星期都有这种说法。"

"那住宅呢?"

"都说我们住宅设计的档次太低，不好用。更不要说周边没有幼儿园、学校、医院等，人家所以只看不买。"

"怎么会这样呢？汪忠不是说比旺达斯的还要档次高些吗?"她越发神色不安起来。

"那是他的自我吹嘘，和策划的合伙来蒙您。"朱乔接着怨道，"他这个人呐，为了捞自己的就不惜牺牲老板的。"

"跟我说具体点。"胡薇盯着朱乔说。

朱乔看了门外一眼，才小声说道："据承包商私下对冯焕说，汪忠在这工程发包中拿的回扣在百万以上，这也是汪忠逼走冯焕的原因。订工程合同时，人家承包商的回扣就兑现了百分之三十，人家为了防范他要赖，这回扣款人家可是拿的卡。"他见老板听后眉头紧锁，知道老板也十分在意，于是说，"当然，这是冯焕的一面之词，实不实，我只有报胡总去甄别，还望胡总替我保密。"

　　她正愁年底的工程款兑现，听朱乔这话，马上觉得有了应对之策，于是郑重地回道："你只当没说，我是什么也没听见。"

　　这次谈话后不到两个月，汪忠被检察院的带走。但是，这没给胡薇带来一丝喜悦，相反，售房部依然清冷，经营惨淡令她格外寒心。

　　在这个严冬里，让她稍为松一口气的，是两个乙方来要求工程款兑现，态度十分温和，胡薇托辞于有待汪忠案了结，乙方就再没有来谈工程款的事，她以为乙方是连带犯案，不敢生硬要账。没想到新年的元宵一过，法院查封了南端项目的所有工程，她才知乙方抱团向法院申请了"先予执行"。

　　紧接着，令她十分难堪、声名狼藉的是，高利贷者同一天在不同的地点拦去了她本人及公司的所有轿车，胡薇这才意识到的不仅是丢脸，更严重的毁灭性的打击已经不可避免。赶紧通知朱乔和甄姐晚上去她家里商量要事。

　　晚八点，甄姐准时到后，对胡薇说："朱乔不来了。"

　　"为什么？"

　　"他在办公室慌慌张张地收拾一些东西，只说有点要事来不了。我看也跟汪忠差不多，是个忘恩负义的东西。"

　　"树倒猢狲散，他不来也好。"胡薇说后，反倒镇定下来，说，"我已决意把房开公司的人散了，但又不想让他们空着手离开，只不知账上还有点钱没得？"

　　"账上已经没钱了。"

　　"那就把小金库的全拿出来，每人多发两个月的工资。"

"那我们以后咋办，我是说你以后。"

"你和出纳明天就这样办，迟了不行。至于以后——有道虎死不倒威，天要绝就绝我一人好了。"

"冯焕下午打电话要我转告你，商场上的一时败北，只要人格不丢，诚信不丢，自有东山再起之机。因此，他劝你最好把官司交律师，其他事交一个可靠的代理人。我认为要了结这近千万元的高利贷，不是几辆旧车就能了断的，这些人心狠手辣，什么事都干得出来。"

"交代理人办，什么意思？"胡薇困惑地问。

"他说，这样做，你不单免受小人戏弄，还能保持清醒的头脑来应对这场灾难，减少许多乘人之危。再说，这类事由代理人出面有回旋余地。"甄姐见老板发怵不言，又说，"冯焕的话我看不错。"

胡薇联想到自个儿今天被两个暴徒从宝马车上野蛮拖出，弄得自己在围观者面前无脸见人，就是遭小人戏弄的写真，因而叹道："说的倒是个理，只是在这个时候，谁还愿帮我了结这些糗事。"

"就交我去斡旋吧。"

"你——"胡薇睁大两眼看着甄姐不知说什么好。

甄姐自信地说："我去斡旋，冯焕同意从中帮一把。"

36

胡薇作被告大半年过去，也就是秋后，法庭作出裁决，晟昌房开的资产也都归了原告们。这里的"们"，是甄姐和冯焕的斡旋，变换手法将高利贷者变成买房者，把高利贷者和承包商绑在一起受理资产清算偿还，这才使胡薇摆脱高利贷者的凌逼和人身恐吓。

在原告来接收资产的前一天，甄姐要胡薇一道去总经理办公室做最后清理，精神萎靡、面目憔悴的胡薇本欲素面出门，甄姐却笑嘻嘻地对她说："还是化个妆吧，不是说'了就是好'么。既是好事，为何还愁眉苦脸呢？为何不开颜打发灾难远去呢？"

"唉——"胡薇长叹一口气后，本想说："我哪里还有心思来化妆哟。"一看到甄姐不但巧施铅粉，一身整装待发，由此又联想到这个忠实的助手临危授命后，这几个月无不是梳妆得体地穿梭在高利贷者、建筑承包商和司法人员之间，给人以虽败不乱、从容对待的老辣形象，不能说无助这些棘手事的早日了结。于是不好意思地苦笑着回道，"唷，我倒是素面惯了。"

　　的确，作被告的胡薇，躲在家里素面过活已成习惯。这是声名扫地以来，她一向倾心的官场朋友，一个个防她就像防范瘟疫那样唯恐力避不及。就是卯全夫妇，几次打通他们的电话几次都立即关机；昔日要好的会所朋友，见面时虽有些"失财免灾"一类的安慰话，但人家也不愿和她多谈；易大师来卜卦也敷衍，把不收费说成"送卦"，胡薇当时以为易大师是念旧情，过后才知"送卦"正是巫师对倒霉鬼的打发。所以，最近娘家来人，得知老情人常侧压根就没和f妹言婚，特想在电话里向常侧问个究竟，可一想到自己倒霉透顶，也就不好意思通话了。这样一来，化妆的时间虽是有了，打扮的心思则没了，想起慈禧教导更觉得可笑。在一番番反思后，反倒认定素面更简约，所以才有"素面惯了"的表白。

　　甄姐这会儿却说："我听说一个女人打扮自己的心思都没有了，正是自信的缺失和审美力的老化。妹子可还年轻呐，这点波折算个啥，有诗不是说'权将波折换风光'吗。"

　　"权将波折换风光。"胡薇沉吟片刻，笑了笑对甄姐说，"那咱们就粉墨登场吧。"

　　尽管甄姐在前一天将总经理办公室打扫过，但在胡薇眼里，不再是办公室的豪华依旧，全是年终经营惨淡的一幕幕。她暗自问道："积压在心底的尘垢怎么扫？"所以，她冷冰冰地对甄姐说，"这些东西我都不要了，你去叫收破烂的拿去好啦，我来清理抽屉的东西，我们要交给原告的，必须是空屋子。"

"留几样吧，这可都是豪华家私呀？大小姐。"甄姐吃惊地看着她。

"你要，你就留几样好了。"

甄姐点个头就出门去找收破烂的，胡薇也就开始清理起来。

不一会，甄姐喊来一个挑竹篼的小伙，在办公室里指指点点地喊着小伙的绰号说："'打杵'，你把这几样办公用具给我运到我们酒楼，其余的就归你。"

"好好好，我这去跟我们头讲，让我们头开车过来收拾。""打杵"拔腿走了两步，又回头来对甄姐说，"老板，我马上就开车过来给你收拾干净，我们有货车有人手，你就不要又去找人了。"

不过一刻钟，"打杵"乘着一辆破旧的小货车来到商务楼下，和一个中年大胡子下车后，指着二楼对大胡子说："头，就在这楼上，除去那两个女的，我看我们的至少都有三四车。"二人到了楼梯口，"打杵"驻步拦着大胡子说，"头，你承认的哟，卖的钱我占三分之一哟。"

"老子从来说话算话！"大胡子说后夺路上楼。二人一进胡薇的办公室，大胡子对着胡薇的背影高声问道，"老板，你们的东西运到哪里？"但看到胡薇转身来，惊喜万分地说，"嘿，原来是你呀。"

胡薇见到大胡子说后却站在原地看着她只管傻笑，愣了一下，也笑起来说："你是—— 哦，我们好像在哪里见过。"

"我是柴邦噻，胡总咋就——"大胡子边说边朝着胡薇走去。

　　"哎呀，"胡薇惊叫一声后，十分高兴地说，"柴哥，你看你一蓄起这满脸的胡子，不注意还真的叫人认不出来了。"

　　"哎唷，胡妹耶，这胡子哪里是我要蓄哟，这'栽'后，人矮了一截，胡子却一个劲地长，呵，好在那里面不喜欢修边幅的人，出来后，这环保工作又喜欢不修边幅的人，妹子，我作为负责人，呵，形象得服从工作的需要啊。呵，哈哈。"

　　甄姐见这家伙落难也还是一谈一个笑，不由得佩服地笑脸相待。

　　"你看，甄姐见笑了呗。"柴邦笑嘻嘻地拱起双手向甄姐作揖，"小弟今天托老大姐的福了。"

　　"人生三节草，不知哪节好。我是看到兄弟依旧洒脱快活，叫人高兴呢。"甄姐对柴邦笑眯眯地说后，转头对胡薇看了眼，好像在说，"我看你就应学学人家柴邦这个快活劲。"

　　胡薇似乎也明白甄姐的眼神在说什么，转而热情地招呼大家到沙发上坐下后，问道："柴哥为何搞起这一行呢?"

　　"要说家产，就是'栽'后，家里也有千把万，没想到政府把我弄走，劫色劫财的也来把两个女人弄走。"柴邦把两手一摊，半开玩笑半认真地说，"虽说是彻头彻尾的无产者啦，老天爷却叫我来领导'打杵'们。"

　　"甄姐，"胡薇说，"我说这些东西都叫柴哥拿去算了。"

　　柴邦一见甄姐点头，更是堆笑地谢道："你甄姐就是叫我假客套地推个杯，我都不敢，实不相瞒，就是这辆破车，都是租的。"接着对胡薇拱手作揖地说，"胡妹变相地送辆小货车给我，他日发了，定当酒席相谢。”

柴邦一提酒席，胡薇马上想起酒柜的脚柜里还剩一瓶"人头马"，于是开心地拿出来庆贺劫后相逢，大家干了第一杯，柴邦对"打杵"说："这一杯可是你我三天的饭钱呀。你得去——"

"打杵"知趣地起身说："你们慢用，我得去搬东西了。"

柴邦对"打杵"吩咐道："那你先把那壁书跟我撂上车，书可比报纸上秤多了。"

"打杵"离座不一会儿，大伙没想到常侧闯来，和"打杵"说了几句。一见胡薇就问："为何不打个电话给我，我虽帮不了什么。"

胡薇将常侧叫到一边后，才小声发问："为什么拿f妹来骗我？"

常侧本想说："我不想违背誓言也不想厮混下去。"但又觉得誓言本是自家的行为指针，不是自我表扬的广告词，也就只好说，"好合好散好了断。"

"今天为何又来？"

"我们难道不是同乡好友吗？"

胡薇无言应答，带着一颗内疚的心招呼常侧和柴邦坐在一起。

"老表，过去的，就不要提了。"柴邦对常侧说后，嘻笑起来举杯说，"眼下，为青山依在干杯。"

"你俩是哪方面的老表？"胡薇问。

柴邦笑嘻嘻地回道："前不久在郎西酒桌上认的江西老表。"

常侧凑热闹地喝了两杯后，对胡薇说："我说你把这些书运一点回家去，认认真真地读两遍，看人看事正面些。听行家说，不要只看到每一笔财富后面都躲藏着一个个圈套，还应看到每一笔财富都在主张或伸张某种道义，从而才能看出财富和人孰重孰轻。"

胡薇听出常侧这话是在指责她，感到这样的责备倒是难得的忠告，但又不想在此继续谈下去，只好避重就轻地告诉大伙，她前两个月从地摊上买了本叫《冰鉴》的面相书，读后悔恨读晚了，要是早两年读这书，依其相法，汪忠嘴歪犹一捺，朱乔鼻梁似薄刀，她就不可能重用了。所以，她半开玩笑半认真地说："今天还得感谢常老师赶来提醒我。"

"老表，胡总这些书可是些好书。"常侧接着对柴邦说，"你说你今后要办一个比收破烂更环保的企业，我看你不妨也拿点回去读，不然，我怕这收破烂都不合格。"

胡薇见柴邦只是个笑，于是对柴邦说："这批书大部分还是廖里找他大学的老师帮我开的书单。"

"廖里比我俩输得更惨。"柴邦对胡薇说后，见常侧、甄姐都去和"打杵"一道搬书，想到这一屋东西得运好几车，也就起身加入搬运中。

37

胡薇履行法院裁决半月后的一个下午，廖里来到胡薇的家里。廖里进屋前，胡薇正在读书。

廖里来访，各述分手后的经历，胡薇才知廖里到外省去办浴场办垮了，差着一屁股的烂账回前白，原想是来投靠她过日子，没想到她官司缠身，只好到圆梦浴场当按摩师。

胡薇想到廖里既是来投奔她，而且又是难中投奔，结合廖里的忠诚，同情地说："就到我的太白酒楼来当差吧，虽说太白酒楼的房产是抵押了的，但我看再努力几年，这房产还是我的。"

"姐，是人家圆梦老板替我还债赎的身，我这三年都得在圆梦浴场干下去。"

"既是如此，那就以后再说。"胡薇说后，若有所思地问道："廖里，我这一劫，奔亿万富婆却成噩梦，这缘由，在常侧看来是读书太少，欠缺亿万财富的驾驭能力。你是大学生，又是学管理，而且在我这里已展示出你的管理能力，为何自己干起来也照常走麦城呢？"

"姐，您说这事，我也想过，我们学校读那几本书尽说是死理，也就是以事来说管理，很少因人论管理。再说，大学一毕业，就认为自己是包打天下的饱学之士，也就很少读书，这就使我们许多时误读社会，误读人，以至误了自己。"

"有道理，有一点道理，想必就是太史公说的'不肖者瓦解'。"她连连点着头说。

"至于在您手下管事和我独立管事的区别，我也和许多朋友探讨过，都认为，一个将才就只能当干将，挂帅多溃败。"廖里赞道："姐，事实证明您可是个帅才呀。"

"都走麦城了，还帅啥？"

廖里见胡薇的脸色转晴为阴，面对茶几摆着胡薇刚才在看的书，于是撂开话题问道："姐在看《史记》呀？"

"在看《货殖列传》，都看了两三遍了，就是看不够，太史公说经营成功者'皆诚一所至'，就想起你曾经劝我开连锁店的话。所以，你也不能说大学课本都是死东西。"她接着嘀咕道，"我的毛病还不止不诚一，还在嗜欲太深天机浅。"

廖里一听到这番赞许，再看胡薇嘀咕后一脸笑意，又把她"嗜欲太深天机浅"听成"嗜欲太深添些浅"，还以为她是暗示全套按摩，于是从她的侧面跪到她面前，两手搭在她的大腿上感动地说："姐，古人说得好，士为知己者死。"

待到他的双手要劈开她的两腿时，三角区也痒酥酥的，但是，她突然想到自己因此上了汪忠的当，就因汪忠的舔阴功夫一流，时常令她魂不守舍，反被汪忠器化而丧失理智，什么都信听他的，才落入一个又一个圈套。于是，她用两手将廖里的双手拿开，叫他到侧面的沙发坐好后，板着脸对他说："廖里，姐自毁鹏程，如今只有卧薪尝胆，严于修真方图来日，岂能再戏自身。"

"姐，我晓得啰。"廖里羞愧地把头低埋。

"去吧，晚上你还要上班。"

廖里走后，她很得意自己抵御了雄激素的诱惑，拿起书来接着读。阅读对她说来，如今不是消遣更不是做样子。

让她更欣喜的是，这天晚上她做了一个好梦，梦中说她变成了一头猪，而这头猪的脖子上套着一根又长又粗的绳子，这绳子却是金丝银线搓成的，所以在颈上，在眼前金光闪闪，成猪后的她也就被这根钱绳子牵着走呀走……

梦惊后，她回忆梦的全过程，兴奋地对自己说："美梦，是个美梦，古来大商巨贾，哪一个又不是被财神爷的钱绳子牵着走。倘若没有'为利而往'，经济社会靠什么拉动?"

鉴于这是她大难之后的难得美梦，她认为这是日后东山再起的一大吉兆，因而在来日，她在电话里把这梦和盘告诉了常侧，不一会儿，常侧在短信中发了首诗给她——

闻梦戏作

碧丛丽日吐芬芳，
花气扑来引蝶狂。
更有老猫花外眠，
不同鼠辈共梦乡。

　　"呵，村儒献诗，什么意思？"她对着手机屏说，"鼠辈，谁是鼠辈？哼，他日再看谁是鼠辈谁是猫。"

2015 / 6 /7

图书在版编目（CIP）数据

套 / 周康尧 著. -- 北京 ：作家出版社，2015.9
ISBN 978-7-5063-8150-5

Ⅰ. ①套… Ⅱ. ①周… Ⅲ. ①长篇小说 – 中国 – 当代
Ⅳ. ①I247.5

中国版本图书馆CIP数据核字（2015）第161306号

套

作　　者：周康尧
责任编辑：佳　丽
装帧设计：孙惟静
出版发行：作家出版社
社　　址：北京农展馆南里10号　　邮　　编：100125
电话传真：86-10-65930756（出版发行部）
　　　　　86-10-65004079（总编室）
　　　　　86-10-65015116（邮购部）
E-mail:zuojia@zuojia.net.cn
http://www.haozuojia.com（作家在线）
印　　刷：三河市华业印务有限公司
成品尺寸：142×210
字　　数：130千
印　　张：7
版　　次：2015年9月第1版
印　　次：2015年9月第1次印刷
ISBN　978-7-5063-8150-5
定　　价：22.00元

作家版图书，版权所有，侵权必究。
作家版图书，印装错误可随时退换。